August Sperl

Der Bildschnitzer von Würzburg

Historischer Roman aus dem
Leben des Tilman Riemenschneider

August Sperl: Der Bildschnitzer von Würzburg. Historischer Roman aus dem Leben des Tilman Riemenschneider

Erstdruck: Berlin, Deutsche Verlags-Anstalt, 1925 mit der Widmung: »Dem Oberbürgermeister der Stadt Würzburg Herrn Dr. Hans Löffler zugeeignet. Würzburg, 12. Februar 1925.«

Neuausgabe
Herausgegeben von Karl-Maria Guth
Berlin 2020

Der Text dieser Ausgabe wurde behutsam an die neue deutsche Rechtschreibung angepasst.

Umschlaggestaltung von Thomas Schultz-Overhage unter Verwendung des Bildes: Selbstportrait Tilman Riemenschneider in der Predella des Marienaltar Creglingen. Fotografie von Holger Uwe Schmitt, 2017. Diese Datei ist lizenziert unter der »Creative-Commons-Lizenz Namensnennung - Weitergabe unter gleichen Bedingungen 4.0 international«. https://creativecommons.org/licenses/by-sa/4.0/deed.de

Gesetzt aus der Minion Pro, 11 pt

Die Sammlung Hofenberg erscheint im
Verlag der Contumax GmbH & Co. KG, Berlin
Herstellung: BoD – Books on Demand, Norderstedt

ISBN 978-3-7437-3860-7

Bibliografische Information der Deutschen Nationalbibliothek

Die Deutsche Nationalbibliothek verzeichnet diese Publikation in der Deutschen Nationalbibliografie; detaillierte bibliografische Daten sind im Internet über www.dnb.de abrufbar.

1.

Auf die schneebedeckten Giebel Würzburgs fielen schrägher die roten Strahlen der abendlichen Februarsonne, und in der engen Gasse beim alten Hof zum Wolfmannszichlein war es dämmerig genug.

Tilman Riemenschneider, weitberühmter Bildhauer und Ratsherr, saß am plumpen Tische mitten in der großen, niedrigen Wohnstube, die er nach dem Tode seiner zweiten Frau im oberen Stockwerk bezogen hatte.

Kaltes Licht stand vor den vielen kleinen Scheiben des breiten Fensters, in dessen tiefer Nische, zurückgelehnt in einen Ohrenstuhl, mit verschränkten Armen ein Mädchen saß und den seinen Kopf neugierig zur Türe gerichtet hatte.

Dort an der Türe stand ein junger Mönch im weißen Habit der Zisterzienser. Er trug das Haupt gesenkt, wie sich's geziemte, aber immer wieder hob er von unten herauf die Augen und richtete sie ehrfürchtig auf den Meister.

Zum zweiten Male hatte dieser auf den leeren Stuhl gewiesen, der neben ihm stand. Aber mit ungeheuchelter Demut lispelte nun der Mönch, es wollte ihm nicht geziemen, zu sitzen, wo allsogleich sein gnädigster Bischof sitzen werde neben dem Meister.

Herr Tilman lächelte ein wenig, strich über den angegrauten, kurzen Vollbart und sagte mit behaglichem Spott: »Sitzen? Hohe Herren pflegen sich nicht zu setzen, wenn sie zu unsereinem herabsteigen.«

Der Mönch kreuzte die Arme über der Brust, verneigte sich und sagte: »Ich habe meinen Auftrag erfüllt.« Er sprach den frommen Gruß und erhielt vom Tische und von der Fensternische her die formelhafte Antwort. Dann ging er rückwärts zur Tür und griff nach der Klinke. Aber plötzlich reckte er die schlanke Gestalt zur vollen Höhe, faltete die Hände, hob die Augen zur Decke und sagte mit lauter, vor Erregung zitternder Stimme: »In der Kirche meines Vaters, die mein Ahnherr gebaut hat, steht ein Altar von Eurer Hand, Meister, und aus ihm, von Engeln umgeben, eine Statua der gen Himmel auffahrenden Mutter des Herrn. Immer wieder knien harte Männer zerknirscht vor dem Bilde der Reinheit, und die Weiber im Stande der Hoffnung schauen zu dem Werk Eurer Hände empor, bringen Euch zum Dank, was sie in Sünden empfangen haben, zur Welt, und mit Staunen erkennen wir die Züge der Himmlischen nachgebildet in irdischen Gesichtern. Ich aber gedenke eines Knaben, der einst auf den Stufen jenes Altares gelegen ist und sich der Mutter Gottes gelobt hat für Zeit und Ewigkeit.«

Die Rede des Mönches sank zu einem demütigen Gemurmel herab: »Vergebt mir, Meister, ich bin fremd in dieser Stadt und habe Euch heute zum ersten Male von Angesicht zu Angesicht gesehen.«

Fast unhörbar ging er aus der Türe. –

Tilman Riemenschneider, der weitberühmte Bildhauer, stand regungslos und hatte die Augen mit der Hand bedeckt.

In der tiefen Dämmerung trat jetzt das Mädchen neben den Meister, zog die Hand von seinen Augen und küsste die kunstfertigen Finger ehrfürchtig. »Ich sollte meinen, so etwas müsste Euch doch immer wieder freuen, Herr Pate?«

Ihre tiefe Stimme klang wie Glockenton durch das Gemach.

Ein Schauer ging über die Gestalt des Meisters. Liebreich, mit leiser Hand strich er über ihr Haar: »Bring Licht, meine Bille!«

Sie ging, und draußen knarrte die Treppe. Dann ertönte ein halb unterdrücktes Kreischen, und gleich darauf trat eine schlanke Gestalt in die Stube.

»Wie war mir denn, hat nicht jemand gerufen?«, fragte der Meister, der sich wieder am Tische niedergelassen hatte.

»Schreckhafte Weiber«, antwortete eine weiche, wohllautende Männerstimme. »Es wird die Bille gewesen sein, ich bin im Finstern an so was angestreift.« Und unbekümmert ging der Geselle in die Fensternische, nahm die Laute von der Wand, setzte sich, wo vorher das Mädchen gesessen war, und griff ein paar Akkorde.

»Bermeter«, sagte der Mann am Tisch, »Ihr könnt nicht bleiben. Seine Gnaden der Bischof wird sogleich hier sein.«

»Weiß ich«, sagte der andere und begann ein Schelmenlied zu spielen. »Eure Schnur purzelt da drunten im Eifer über die eigenen Beine; schade, dass sie keine Zeit hat, Kränze zu winden. Alle Wandkerzen im Hausfletz und die Stiege herauf sind angesteckt, nur da herinnen ist's dunkel.«

»Ich dachte, Ihr seid im Finstern heraufgekommen?«

»Gewiss«, antwortete die sorglose Stimme aus der Fensternische, und die Melodie tönte leise weiter. »Die Kerzen wurden hinter mir angesteckt. Hinter mir Licht und vor mir Nacht.« Ein leises, hässliches Lachen klang aus der Nische. Rascher fuhren die Finger über die Laute. Die Saiten gellten. Eine wilde Melodie verschlang die gemurmelten Worte: »Meist allerdings hinter mir Nacht und vor mir Nacht.«

Die Türe wurde aufgerissen, und mit einem dreiarmigen Leuchter in der hocherhobenen Rechten stand Bille auf der Schwelle. »Herr Pate, Seine Gnaden der Bischof!«

Eilig ging der Meister die knarrenden Treppen hinunter, dem Gaste entgegen. –

Die Vermutung Tilmans war richtig gewesen: Herr Konrad, Bischof zu Würzburg und Herzog in Franken, hatte den Armstuhl verschmäht und stand inmitten der Stube. Er überragte den zierlich gebauten Sekretarius Lorenz Fries, der mit ihm gekommen war, um zwei Häupter, überragte aber auch die hohe, schlanke Gestalt des Meisters noch um ein Bedeutendes. Ein dunkler, pelzverbrämter Mantel wallte bis auf seine Knöchel hinunter, und es war, als verdeckte dieser Mantel den Harnisch eines Kriegers und nicht das Brustkreuz des Bischofs. Und es war, als hätte sich die Decke der großen Stube noch tiefer herabgesenkt, so gewaltig stand die Gestalt des Fürsten vor dem plumpen Holztisch, auf dem die Kerzen des Leuchters brannten. Auffallend klein war der Schädel, nicht sehr hoch die leicht gefurchte Stirne. Blondes Haupthaar fiel in schlichten Locken in den Nacken hinunter. Das längliche, bartlose Antlitz leuchtete in gesunder Röte und erzählte von Reiten und Jagen. Klein war der Mund, schmal die Lippen, kraftvoll sprang das spitze Kinn unter der schmalen, geraden Nase hervor. Unter seltsam dunklen Brauen blitzten hellblaue Augen auf den Meister hinüber, der hinter den Tisch getreten war.

Ein starker Gegensatz: Hier der geborene Herr mit allen Merkmalen seiner Rasse, die seit Jahrhunderten, vielleicht seit Jahrtausenden gewohnt war, frei zu gebieten auf unbestrittenem, oder bis aufs Blut zu kämpfen um den bestrittenen Boden; und dort, leicht nach vorne geneigt, der Bürger mit dem bleichen, vom grauen Vollbart umrahmten Gesichte des Werkstattmenschen, den starken Backenknochen, dem schlichten Haupthaar, das glatt auf den Pelzkragen seines feinen Tuchwamses herabfiel; der Mann aus dem Volke, der sich aus engen Umfriedungen emporgearbeitet hatte auf die Höhe des Ruhmes und des Wohlstandes. Hier das leuchtende Auge des Gebieters, das gewohnt war, über große Versammlungen, über weite Lande, nach hohen Zielen zu blicken – dort das scharfe, dunkle Auge des Künstlers, das nahe Erscheinungen zu erfassen, nur ihm sichtbare, nur ihm in ihrer Bedeutung erkennbare Linien, hinter der Hülle die Seele zu erspähen geübt war. Hier der Herr, umflossen vom Abglanz hoherpriesterlicher Würde – dort der ihm an Leib und Seele Untergebene, unterwürfig in seinen Gebärden, gebunden in seiner bürgerlichen Stellung und – dennoch ein Freier wie dieser, umflossen wie dieser von einem Abglanz, nicht der Macht, nicht der Würde, sondern des Genius.

Mit dem Ausdruck unverkennbaren Wohlwollens blickte der Fürst auf den Meister hinüber. Er hatte gefragt, warum denn in den letzten Jahren kaum ein neues Kunstwerk aus Tilman Riemenschneiders Werkstatt hervorgegangen, warum – und dabei hatten sich die schmalen Lippen ein klein wenig spöttisch verzogen – warum denn der Bildhauer fast ganz hinter den Stadtvater zurückgetreten sei?

Meister Tilman senkte die Augen, und als er sie wieder aufschlug, irrte sein Blick über die Schulter des Fürsten, schräg in die dunkle Stubenecke. Zögernd sagte er: »Die Zeitläufte, bischöfliche Gnaden, sind meinem Handwerk wenig günstig. Wer verlangt heutzutage noch Heilige in Kirchen zu stellen? Ich habe vordem immer an die zwanzig Schnitzer- und Malerknechte da hinten beschäftigt« – er wies nach dem Fenster, dem Hofe zu –, »jetzt sind es kaum sechs der Ältesten, denen ich Arbeit, zuweilen nur das Gnadenbrot gebe.«

»Die Arbeit Eurer Knechte in Ehren«, sagte der Bischof, »aber wenn ich von Kunstwerken spreche, so denke ich nur an Werke Eurer kunstreichen Hände. Hände, weiß Gott«, setzte er hinzu, »wie die Hände Eurer Heiligen. Man sieht ihnen wahrhaftig nicht mehr an, was sie gearbeitet haben in Holz und Stein! – Gearbeitet haben«, wiederholte er mit Nachdruck.

Der Meister verbarg die also besprochenen Hände fast schamhaft kreuzweise in den weiten Ärmeln seines Wamses. Und jetzt sah er dem Fürsten voll und frei ins Gesicht: »Bischöfliche Gnaden, ich werde alt.«

Gütig lächelte der Fürst: »Das gilt nicht, Meister. Auf Euer Alter wage ich's dennoch.« Und huldvoll, ehe der Magister hinter ihm helfend beizuspringen vermochte, rückte er den Lehnstuhl vom Tische, ließ sich nieder, streckte die Beine von sich, stützte behaglich die behandschuhten Hände auf den Knopf seines Stabes und sagte: »Ich habe einen Auftrag für Euch, der mir sehr am Herzen liegt.«

Ein ängstliches Zittern ging über die vielen Augenfältchen des Meisters, die der Volksmund Krähenfüße zu nennen pflegt, und er senkte erwartungsvoll sein Haupt.

»Ich bin gewillt«, fuhr der Fürst fort, »eine kunstvolle Statua der heiligen Elisabeth in die Kirche meines adeligen Ansitzes zu stiften –«

Tilman war zusammengezuckt.

»– und ihr einen Altar zu weihen.«

Fast unmerklich schüttelte Tilman das Haupt.

»Was ist Euch?«, fragte der Fürst und maß befremdet den alten Mann, der noch immer mit gesenktem Haupte vor ihm stand.

Ein tiefer Seufzer war die Antwort.

Der Fürst rückte den Stuhl und erhob sich.

»Tilman!«, raunte der Magister.

»Ich erwarte ein großes Kunstwerk von Euren – hört Ihr? – von Euren Händen«, sagte der Fürst in verändertem Tone. »Wie viel Zeit werdet Ihr dazu brauchen?«

Der Meister hatte sich gefasst. Langsam faltete er die Hände über seiner Brust, und seine Stimme zitterte merklich, als er die Worte hervorbrachte: »Eure bischöfliche, fürstliche Gnaden werden vergeblich auf ein solches Werk von meinen Händen warten müssen.«

»Tilman –!«, kam es zum zweiten Male warnend von dorther, wo der Sekretarius stand.

»Warten müssen –?«, wiederholte der Bischof grollend. »Ihr werdet Euch herablassen, mir dies näher zu erklären!«

Langsam und fest kam die Antwort zurück: »Euer Gnaden, es ist mir nicht mehr möglich, Heilige zu schnitzen.«

Ein paar Augenblicke herrschte das Schweigen des Todes in der niedrigen Stube.

Dann begann der Fürst. Aber es war nun, als spräche nicht mehr der Fürst, sondern einzig und allein der Priester. Die grollende Stimme von vorhin klang weich und gedämpft: »Nur keine Heiligen mehr, Tilman Riemenschneider? Und warum nur keine Heiligen mehr?«

Die bleichen Hände des Künstlers schlossen sich noch fester ineinander, er atmete tief auf: »Bischöfliche Gnaden, auch wir leben unter dem unerbittlichen Gesetze der Natur, das gefasst ist in die Worte Wachsen,

7

Werden und Vergehen. Und meine Augen sind trübe geworden für das Heilige in Menschengestalt.« Frei, wie ein großes Kind, blickte er seinem Herrn in das harte Antlitz; aber mit seltsam leuchtenden Augen, die seine Worte Lügen straften.

Wiederum veränderte sich die Stimme des Machthabers, und im kühlen Tone dessen, der unter allen Umständen einen Handel zum Abschluss zu bringen gewillt ist, fragte er den Meister, ob es wahr sei, dass er schon einmal eine Statua geschnitzt habe, wie er, der Bischof, sie wünsche?

Unter den forschenden Augen des Fragenden zog sich in jähem Erschrecken die Stirne des alten Mannes in Falten.

Kühl – etwa so, wie er als junger Domherr um ein begehrenswertes Ross gefeilscht hatte – fuhr der Bischof fort: »Wenn ich recht berichtet bin, seid Ihr heute noch im Besitz dieser Statua und verbergt sie vor fremden Blicken.«

Der Meister war in sich zusammengesunken. Seine Arme hingen hilflos herab.

»Auf – in Eure Werkstatt!«, befahl der Bischof.

»Tilman –!«, warnte der Magister zum dritten Mal.

Der Meister raffte sich zusammen und sagte mit heiserer Stimme: »Es ist nicht nötig, dass sich Eure fürstliche Gnaden in meine Werkstatt bemühen.« Er nahm den Leuchter vom Tische, ging in den Hintergrund der Stube, entzündete die Doppelkerzen zweier Wandleuchter zur Rechten und Linken der kahlen Schmalwand, drückte den Finger aus diese Wand und trat mit hocherhobenem Leuchter zur Seite. Geräuschlos schob sich die Wand auseinander, und in einem kleinen, kapellenartigen Raum stand, silbergrau schimmernd, auf mäßig hohem Sockel, leicht nach vorne geneigt, mit scheu geöffneten Augen, gerade auf den Bischof blickend, als böte sie ihm die Fülle der Rosen, die ihre zarten Hände im Schoße des leicht gehobenen Mantels hielten, die lebensgroße Gestalt eines Weibes.

»He –!«, fuhr es dem Überraschten von den Lippen, und es klang weder fürstlich noch bischöflich, sondern urfränkisch-gemütlich. »Da steckt sie also, die Heilige?«

»Keine Heilige, bischöfliche Gnaden«, sagte der Bildschnitzer leise, und der Leuchter in seiner hocherhobenen Rechten schwankte, dass die schweren Wachstropfen dumpf klingend aus den Fußboden fielen: »Meine zweite selige Hausfrau.«

»Bei Gott!«, sagte der Bischof und trat nahe herzu. Seine großen Augen hatten sich geweitet, und mit dem Blicke des Kenners umfasste er das ganze aus Holz geschnitzte Bildnis vom zarten Rosenkränzlein, unter dem die Fülle der Locken kunstvoll auf die feinen Schultern herabwallte, über das unsäglich süße Antlitz, das mit schmerzlichem Kinderlächeln wie bittend zu ihm herüberblickte, über den wundersamen Faltenwurf, aus dessen weiten Ärmeln die zarten Handgelenke, die überschlanken Hände herauswuchsen und mit unbeschreiblicher Anmut den rosengefüllten Schoß rafften – bis auf den Saum des Gewandes, unter dem eine Sandale mit nacktem, feingeädertem Fuß zur Hälfte hervorlugte. Alle Anmut des eben erst aus dem Kinde emporgeblühten Weibes, der Schimmer unberührter Unschuld leuchtete gleichsam aus der Nische hervor, und es schien, als zuckten unter dem flackernden Kerzenlichte dann und wann die zartgetönten, lebenswarmen Augen, als ginge es, halb wie Lächeln, halb wie verhaltenes Weinen über das rührend schöne Antlitz, als bewegten sich die Hände und wollten die Rosen fester drücken in die schützenden Falten.

Der Bischof regte sich nicht. Zur Seite hinter ihm stand Lorenz Fries. Der hatte die knochigen Hände gefaltet und blickte unverwandt auf das Bildnis.

Endlich sagte der Bischof in lateinischer Sprache, halb für sich, halb zu seinem Vertrauten: »Beim Zeus, ein wundersames Kunstwerk, weit über meine Erwartung schön. Freilich, irdische Weiber kann er nicht schaffen, dieser Meister. Immer sind's Heilige, denen der irdische Leib fehlt. Wäre man aber versucht, auf die Knie zu sinken und die Göttin anzubeten, dann lacht' uns dennoch – ei sieh nur – aus dem Grübchen am Kinn das erdgeborene Weib in die Augen.«

»Es ist gut, Meister«, wandte er sich an den Künstler, »ich wünsche dieselbe Statua in meine Kirche zu stellen und gebe Euch – es wird genügen – drei Monate Zeit für die Arbeit.«

Tilman ging mit schweren Schritten an den Tisch und stellte den Leuchter nieder. Er stützte sich mit geballten Händen auf die Tischkante: »Eure bischöfliche Gnaden wollen huldvoll verzeihen, ich kann diese Statua nicht zum zweiten Male schnitzen.«

Da stampfte der Bischof, und es kam grollend aus seiner mächtigen Brust: »Mir scheint nun allerdings, dass Ihr Euch meinem Wunsche versagt. Daher halte ich mich an das, was vorhanden ist, und kaufe diese Statua für meine Kirche. Den Preis möget Ihr nach Eurem Belieben bestimmen. Sekretarius Fries wird das Weitere besorgen.«

Ohne Gruß wandte er sich zur Türe. Eine herrische Handbewegung wies die Begleitung des Meisters zurück.

Bischof und Sekretär gingen die ächzenden Treppen hinab. Tilman Riemenschneider aber sank auf den Stuhl, legte die Stirne auf den Tisch und barg sein Haupt zwischen den Armen. –

Mit leisen Schritten, als wandle er auf Katzenpfoten, kam der Lautenschläger aus der Nebenkammer. Der Meister hörte ihn nicht oder wollte nicht hören. Schleichend ging der dunkle Geselle an die offene Nische und stand nun regungslos vor dem Bilde – wie vorhin der Bischof.

Nach einer Weile begann er halblaut: »Warum hat sich Seine fürstliche Gnaden wohl der lateinischen Sprache bedient und warum hat sein Sekretarius so seltsam gelächelt?«

Der Meister hob das Haupt und sagte müde: »Bermeter, habt Ihr die Rede des Bischofs verstanden?«

In diesem Augenblick trat Bille ein, blieb in holder Erstarrung und sah wie verzückt auf das Bild ihrer seligen Patin, das sie noch niemals geschaut hatte.

Bermeter hüstelte, als stäke ihm etwas im Halse. Dann sagte er zögernd: »Man hat nicht umsonst schon im zwölften Lebensjahre seinen Terenz vom Blatte gelesen.«

Der Meister stand auf und schob den Gesellen zur Seite. Mit beiden Armen griff er in die Wände rechts und links. Lautlos rollten die Türflügel zusammen, und mit dem leisen, hellen Klingen einer verborgenen Feder schloss sich die Nische.

»Lösche die Wandlichter, Bille! Und jetzt, Bermeter, was hat der Bischof gesagt?«

Ein hämisches Lächeln ging über das hübsche Gesicht; er strich, als wäre er in Verlegenheit, über das schwarze Schnurrbärtchen: »Meister, es war gewiss nicht für Eure Ohren bestimmt. Er hat es ja nur so nebenhin zu Herrn Lorenz Fries geäußert. Erlass mir's!«

Meister Tilman trat vor den Gesellen, umklammerte seine Arme und keuchte: »Ich will es wissen!«

Der Geselle wand sich wie eine gefangene Katze: »Je nun, wenn Ihr mich so hart angreift! Aber ich rat' Euch gut, sagt's dem Lorenz Fries nicht. Der hält doch nur zum Bischof!« Seine flackernden Augen wichen dem todernsten Blicke des Meisters aus. »Je nun, er hat die Statua hoch gelobt; sie sei wie geschaffen für seine Kirche und den Altar.«

»Und –?«

»Wie geschaffen –. Ich dächte, das könnte Euch genügen.«

»Und –?« Der Meister schüttelte ihn.

Mit einem Ruck entwand sich ihm der dunkle Geselle, und ein böses Lächeln verzerrte sein Gesicht. »Eine Heilige mit hübscher Larve, gleichsam öldustenden Ringelhaaren, entsetzlich langen Spinnenfingern und einem Kropf. Denn jede Riemenschneider'sche hat einen Kropf. Und stell' dir vor, wie qualvoll der Atem pfeifen müsste aus einer Lunge, die eingepresst wäre unter diese zusammengedrückte Flachbrust. Eine in tausend Falten und Fältchen gehüllte Heilige, aber, beim Jeus – kein Weib.«

»Es ist gut – ich danke Euch«, sagte Tilman und wandte sich ab.

»Ihr habt's gewollt«, murmelte der Geselle und schlich aus der Stube.

Das Mädchen aber warf einen erschrockenen Blick auf den alten Mann und huschte dem Gesellen nach aus der Türe.

»Bermeter!«, rief sie halblaut in die Tiefe.

Der Kopf des Gesellen erschien von unten her über dem Geländer der Biegung, und sein Gesicht war im vollen Lichte einer Wandkerze.

»Bermeter!« Das Mädchen war ein paar Stufen herabgekommen und beugte sich über das Geländer. »Das hast du gelogen! Ich bin doch in der Nische dort gestanden und habe gehört, was der Bischof im Herabgehen zum Sekretarius gesagt hat.«

Bermeter lachte lautlos: »Lateinisch oder deutsch?«

Erregt flüsterte sie dicht über seinen flackernden Augen: »Gut deutsch hat er's gesagt: ›Fries, mir war's doch, als müsste die wundervolle Statua sogleich von ihrem Sockel herabsteigen. Keine Heilige, sondern ein entzückendes Weib.‹«

Bermeter war mit Katzenschritten emporgekommen. Jetzt stand er nur noch eine Stufe tiefer als das Mädchen und flüsterte mit heißem

Atem dicht vor ihr: »Keine Heilige, sondern ein entzückendes Weib – ganz richtig, Schatz!«

Sie rührte sich nicht von der Stelle. Sie beugte nur den Kopf in den Nacken, als wollte sie sich wehren. Aber ihre dunklen Augen flackerten unter den halb geschlossenen Lidern, flackerten ihm lockend entgegen. Nur die roten Lippen zuckten mitleidig: »Der arme Meister, nun sitzt er wieder halbe Tage lang in Schwermut – ich muss es ihm sagen, dass du gelogen hast!«

Da trat er auf ihre Stufe und umschlang sie. Willenlos hing sie in seinen Armen und duldete seine Küsse: »Lass mich – du! Der Meister kommt!«

»Auch recht«, sagte Bermeter, drückte sie noch einmal wild an sich und begann langsam rückwärts abzusteigen.

»Ich hab dir doch schon gesagt, du sollst mich nicht küssen, wenn ich nicht will«, zürnte sie mit lachenden Augen und ordnete ihre Haare.

»Sehr gut, Schatz!«

»Meinst wohl, du kannst mit mir machen, was du willst?«, ereiferte sie sich.

Leise lachte der dunkle Geselle und trällerte im Hinabgehen vor sich hin:

»Mütter, sagt es euern Kindern:
Wer sich einmal küssen ließ,
Kann's das zweite Mal nicht hindern –
Aarme Kinder, merkt euch dies.

Kindlein, nur den kleinen Finger
Gebt uns – nichts bedarf es mehr –
Und schon zieht euch der Bezwinger
Willenlos so kreuz als quer.

Spinnlein lauert auf der Stiege,
Wartet in dem dunklen Fletz –
Sieh, da zappelt eine Fliege
In dem schlau gestellten Netz.

Mütter, sagt es euern Kindern:
Wer sich einmal küssen ließ,
Kann's das zweite Mal nicht hindern –
Arme Kinder, merkt euch dies!«

2.

Spät am selbigen Abend kam der Magister Lorenz Fries, des Bischofs Sekretarius, des Bischofs zweiter Kopf, wie ihn die Domherren spottend zu nennen beliebten, der kluge Staatsmann, der vielgewandte Historikus und Archivar, abermals die Stiege empor zu Tilman Riemenschneider, dem Ratsherrn.

Er fand den Freund lesend und setzte sich schweigend ihm gegenüber. Lange Zeit saßen sie also.

Endlich hob der Meister sein Haupt und blickte scheu hinüber. Und eine Träne quoll und rann herab in seinen grauen Bart.

»Erlaubet!«, sagte Lorenz Fries, griff nach dem Folianten, blätterte zurück zum Titel und las: »Das Neue Testament. Deutsch. Wittenberg. 1522.« Wortlos legte er es zurück.

»Wer hat wohl dem Bischof mein Geheimnis verraten? Kein Mensch als die Tote und ich – so hatte ich gewähnt –!«, begann der Meister.

»So wenig als ich darum gewusst hatte, so wenig vermag ich Euch Auskunft zu geben«, sagte Lorenz Fries einfach. »Aber ich schätze, Ihr seid – erlaubt, dass ich Euch warne – ebenso unvorsichtig im Verkehr mit den Großen dieser Erde wie bei der Auswahl derer, die zu jeder Tagesstunde Zutritt in Eure Stube haben. – Bermeter –?!«

Heftig schüttelte Tilman das Haupt: »Ein Unglücklicher, der mir verpflichtet und treu ergeben ist.«

»Ein Mensch wie das böse Gewissen und die schleichende Sünde«, grollte Fries. »Ein Bube, der seine Tage mit Schlemmen und Temmen hinbringt, nichts kann als spielen und prassen –«

»Oh, er ist auch ein kunstvoller Bildschnitzer auf seine Art!«, rief der Meister.

Lorenz Fries zuckte die Achseln: »Es wird ihm wenig Zeit übrig bleiben, seine Kunst zu üben. Und ist doch immer bei Geld. Höret, wir sehen ihm scharf auf die Finger; denn es liegt der Verdacht vor, dass er der heimliche Diener fremder Städte ist und anderes mehr.«

Der Meister rückte seinen Stuhl. »Er ergötzt mein Geblüt durch Saitenspiel wie David die Seele des Saul«, sagte er abweisend. »Und es könnte ja sein, dass ich seiner Armut zuweilen ein wenig aufhelfe.«

»David hat Saul betrogen, dass ihm die Augen tropften«, kam die Antwort zurück.

»Bermeter betrügt seinen Wohltäter niemals«, lächelte Tilman unter Tränen.

Der Magister faltete die Hände auf der Tischplatte und sah bittend auf den alten Mann hinüber: »Arbeitet! Arbeit ist die beste Ergötzung der Seele.«

Wehmütig schüttelte der Meister das Haupt: »Vordem war mein Gemüt voll von Bildern, und ich wähnte, mir sei gegeben, alles zu gestalten. Jetzt aber weiß ich, mein Werk ist getan.«

Er rückte abermals seinen Stuhl, erhob sich und begann auf und ab zu schreiten. Stoßweise kam es heraus: »Siehe da einen, über den die Zeit hinübergegangen ist! Erbarmungslos hinübergegangen! Ich bin ein Mann der Vergangenheit, und mein Fluch ist, dass ich die Größe des Neuen erkenne von ganzem Gemüte und ebenso klar weiß, dass ich zu klein bin für das, was vor meinen Augen wiedererwachsen und auferstanden ist. Ich bin verstrickt und eingepresst in die alten Formen, und nichts und niemand kann mir helfen. Wohl habe ich versucht, mich frei zu machen – Gott weiß, wie schmerzhaft das gewesen ist. Heute ist mir offenbar, dass ich mich nimmermehr befreien kann. Das Alte versinkt, und ich mit ihm.« Er hielt inne und warf einen feindseligen Blick auf den Gast: »Weiß zwar eigentlich nicht, warum ich Euch und gerade heute Euch das alles sage?«

»Geht in den Dom«, rief der Magister unbeirrt, »und stellt Euch vor das Epitaphium des Bischofs Lorenz! Da habt Ihr das Neue gemeistert.«

Tilman zuckte zusammen: »Das Bild ist von meinen Händen – ganz richtig – und ist so beschaffen, wie alles andere von mir auch. Der Rahmen aber, das Neue, das Euch so gefällt, die Engel, die Früchte, die Säulen – sind Bermeters Kunst. Und also ist es gar nicht das Denkmal des Bischofs, sondern der Grabstein Tilman Riemenschneiders. Was sagt Ihr dazu –?«

Der Magister schwieg.

Zornig wiederholte der Meister: »Der Totendeckel meiner Kunst!«

»Ist immerhin die Frage, ob das Neue allzeit besser ist als das Alte, und ob dieses Alte immer restlos im Neuen untergehen muss, das doch aus ihm hervorgewachsen ist!«, warf Lorenz Fries bedächtig ein.

Tilman achtete nicht mehr auf ihn und sprach weiter, als wäre er allein mit sich selbst: »Wenn einer stirbt, dann wird er begraben, und wieder nach einer Zeit setzt man ihm den Stein auf die Gruft. Meine Kunst war längst gestorben und begraben, da hab ich ihr den Stein gesetzt.«

»Das war Eure *Schuld*, Meister Tilman!«, unterbrach ihn Lorenz Fries.

»Meine Schuld?«

»Eure Schuld und die Schuld der Frau da drinnen!« Er wies auf die Schmalwand.

»Lorenz, wollt Ihr mir ans Herz greifen?«

»Ich muss es tun. Sie hat Euch aus der Werkstatt in die öffentlichen Geschäfte getrieben, ihr Ehrgeiz ist's gewesen, der Euch von Amt zu Amt greifen ließ, ihre Eitelkeit hat Euch auf Wege gezerrt, die Euerm Wesen fremd waren und fremd sind, Euch – der Ihr begnadet seid vom Schöpfer, mit Kinderaugen durch diese böse Welt zu gehen und in Kinderaugen zu fassen, was schön ist an ihr und was gut ist und aus ewigen Gefilden hereinleuchtet in unsere Nächte. Fluch Eurem Reichtum, der Euch erlaubt hat, Eure Kunst zu versäumen – wochen-, monate-, jahrelang!«

»Sie hat es gut gemeint mit mir und hat mich sehr geliebt«, flüsterte der Meister.

»Sie hat in Euch sich selbst geliebt.«

»Es liegt tiefer, als Ihr glaubt«, stöhnte Tilman nun ganz unter dem Bann seines Gastes, und ließ sich schwer in seinen Stuhl sinken. »Kunst – was Kunst? Ich bin niemals der Kunstfertige gewesen, den ihr in mir gesehen habt. Was wisst denn ihr, versteht denn ihr von Kunst? Der dort in Nürnberg, der Albrecht, den ich bewundern muss und doch heimlich hassen möchte – wenn ich nicht auch zum Hassen zu schwach wäre –, der ist der Kunstreiche, der Kunstfertige, wie ihn die Erde alle zwei-, dreihundert Jahre gebiert – reich wie ein Fugger, fertig in aller Kunst. Der ist immer der Albrecht Dürer, wenn ich einer von den armen Bildschnitzern bin, die zufällig Tilman Riemenschneider oder anders heißen. Der ist wie ein Gott auf dem Delphin hinausgeritten in der schäumenden Flut. Und warum das? Er hat mir's einmal selber gesagt, ungefähr also: Schau dir die Natur an und nur die Natur, glaub nicht, dass du Besseres in dir selber habest und könnest sie meistern; denn wahrhaftig steckt die Kunst in der Natur – wer sie heraus kann reißen, der hat sie.«

Er hielt inne und verbarg das Antlitz in den Händen.

»Woher könnt Ihr wissen, wie er sich fühlt?«, fragte der Magister mit kühlem Spott. »Steckt Ihr in ihm? Wer weiß, wie ihm zumute ist, gerade weil er so viel kann?«

»Wie ein Gott mag sich fühlen, wer keine Grenzen seines Könnens sieht!«, sagte Tilman.

»Jedem Können sind Grenzen gesteckt«, unterbrach ihn Lorenz Fries. »Auch die Natur hat ihre Grenzen.«

»Die so weit, so tief, so hoch gesteckt sind, dass auch die schärfsten Augen sie niemals erkennen. Und ebenso weit sind die Grenzen der Kunst gezogen, und der wahrhaft Kunstfertige ist König in diesen Grenzen und dazu allzeit Mehrer des Reichs. Ich habe meine Grenzen sehr frühe geahnt – zum ersten Male dort in Gent vor dem Altare; und dennoch vermaß ich mich, meine Grenzen zu durchbrechen, und schnitzte mehr als hundert Jahre nach den gottbegnadeten Maler-Brüdern zu meinem größten Altar – auch eine Verkündigung Mariä. Auch eine!«, wiederholte er mit unsäglicher Bitterkeit.

»Meister Tilman, Ihr lästert!«, rief der Magister.

»Kennt Ihr den Genter Altar?«, fragte der Meister zornig.

»Nein. Aber den Kreglinger!«

»Nun also –!«

»Und sooft mich meine Pflicht ins Taubertal führt, eile ich, das Kirchlein zu besuchen, werfe mich auf die Knie vor dem größten Eurer Werke und insonderheit vor der Verkündigung Mariä.«

»Ich vermaß mich, meine Grenzen hinauszurücken, und schuf auch eine Verkündigung Mariä – eine hölzerne. Eine hölzerne«, wiederholte Tilman störrisch. »Denn Euer Bischof hat ja recht, ich bin zuletzt doch nur ein kleiner Heiligenschnitzer geblieben.«

»Mein Bischof –? Ich dächte, er ist auch der Eurige! Und unser Bischof hat so etwas nie gesagt.«

»Lasst das!«, rief Tilman rau »Ich weiß es alles selbst am besten. Aber –«, nun richtete er sich hoch auf und seine Augen begannen zu glühen – »ich allein und sonst niemand auf Erden hat ein Recht, mir das zu sagen. Und dass er – mir gegenüber ein armseliger Nichtskönner – es gewagt hat, mich in meiner Stube hinterhältig auf Lateinisch zu beschimpfen, das – das vergess' ich ihm niemals.«

»Meister Tilman, er hat nichts dieser Art gesagt; des bin ich Zeuge. Und seit wann versteht Ihr Lateinisch?«

»Schweigt –!«, rief der Meister mit verzerrtem Gesicht, presste die Hände auf seine Ohren und begann auf und ab zu rennen. Und es war wieder, als hätte er den anderen vergessen und wüte im Selbstgespräch gegen sich: »Heilige vermag ich zu schnitzen. Aber Menschen aus unserem Gebein, mit unserem Fleisch, mit unserem Blut? Schaut die Männer an auf meinen Altären! Aus dem Gewirre unmöglicher Faltengewänder heben sie die bedrückten Gesichter. Nachbar Klaus, Gevatter Kunz, wie sie leiben und leben, mehr nicht. Und auf allen diesen Gesichtern ist zu lesen mein Leid, mein Gram und meine Gebundenheit – ein endloser Zug, betend um ihre Erlösung. Und meine heiligen Frauen? – Aus dem Gewirre unmöglicher Faltengewänder heben sich unirdische Häupter –«

»Überirdische!«, unterbrach ihn Lorenz Fries grollend.

»Und weiß man denn, warum ich meine Köpfe auf Puppenleiber setze, die ich eben mit dem Gewirre unmöglicher Faltengewänder verhülle? Weil ich all die übermäßige Schönheit in den sichtbaren Kreaturen um mich her zwar fasse in meinen Verstand, aber nur zum kleinsten Teil in mein Werk zu bringen vermag. Weil ich den ganzen gottgeschaffenen Menschen nachzubilden doch nicht die Kraft hätte!«

»Euer Adam, Eure Eva, Meister?«, warf Lorenz Fries ein.

»Jawohl, mein Adam, meine Eva!« Es war, als besänne sich der Künstler, dass er nicht allein war. »Gerade sie predigen mir, wie hart ich gebunden bin. Meine Eva! Die verfluchten Schnürleiber der Weiber! Geht in den Dom zu Bamberg und erkennt staunend vor der Statua der Synagoge, was göttliche Nacktheit ist. Und zu dem allen frage ich mich, wenn ich an der Marienkirche vorübergehe und meine Gebilde betrachte: Tilman, war's auch recht, dass du, gehorsam dem Auftrag, die Nacktheit auf die Gasse gestellt und preisgegeben hast den Augen der Unmündigen und Halbwüchsigen?«

»Könntet Ihr nicht«, fragte nun Lorenz Fries lauernd, »Euch dennoch frei machen durch den Anblick vollendeter Natur, schaffend wetteifern mit dem Schöpfer und also die Höhe der Kunst erklimmen? Es ist ja nicht anders: Wahrhaftig steckt die Kunst in der Natur; wer sie heraus kann reißen, der hat sie. Ich dächte – die Holde mit den Angelhäkchen in den dunklen Augen, das Patenkind Eurer Seligen, schlank und wundervoll gewachsen wie die Stammmutter der Menschheit – sie täte Eurer Kunst alles zu Gefallen. Ein Wort von Euch –!«

»Niemals!«, fuhr Tilman auf. Aufs Neue begannen seine Augen zu glühen. »Weiche von mir –!«

»Seht Ihr!« Lorenz Fries lächelte befriedigt. »Nur in Eurem Willen liegen Eure Grenzen.« Er trat nahe heran und legte die Hand auf die Schulter des Gebeugten. »Meister Tilman, grämt Euch nicht. Schweres Blut und enges Gewissen bestimmen Euer Leben und Eure Kunst. Schweres Blut und enges Gewissen sind Eure Natur. Wolltet Ihr Euch gewaltsam daraus erheben, wär's wider die Natur. Und letzten Endes – was ist Fleisch, was ist Blut? Raub des Todes, Verwesung und Asche. Grämt Euch nicht! Aus all dem Fleisch und Blut ahnungsvoll die Idee des Menschlichen – ich glaube, Plato sagt ähnlich – oder das Heilige der Idee herauszuschaffen und leuchten zu lassen auf dem Goldgrund der Verklärung vor den trüben Augen der Bedrückten – lieber Meister, alle anderen Werke entrichten den Zoll der Kreatur und verwehen wie Staub, diese aber wandern, auch wenn sie selber längst in Trümmer und Fetzen gingen, wandern in ihren Wirkungen von Geschlecht zu Geschlecht.«

»Heilige –! Hat es denn jemals Heilige gegeben –«, Tilman lächelte trübe, »jemals nach dem einen Heiligen, der so demütig war in seiner Knechtsgestalt, dass er zum reichen Jüngling sagte: Warum nennst du mich gut? Niemand ist gut außer Gott. Und ist also nicht alles – ich will sagen fast alles, was auf zahllosen Altären weit und breit von meiner Hand zu sehen ist, Blendwerk des Bösen?«

»Hier habe ich Euch!«, rief Lorenz Fries zornig, hob das Buch empor und warf es auf die Tischplatte zurück. »Der Wittenberger wird die Kunst totschlagen.«

»Wohl – aber das Wort auf den Thron setzen«, sagte der Künstler, zog das Buch zu sich her und streichelte es mit leisen Fingern, als wäre es in köstlichen Samt gebunden. »Hier fließt aus alten, wieder aufgedeckten Quellen der Strom der neuen Zeit. Die Heiligen versinken. Das Heilige, das Göttliche selbst steht in unnahbarer, nicht in Holz noch Stein noch Farben zu fassender Klarheit vor unseren geblendeten Augen, und aus überreichen Händen träufelt – die Gnade. Der andere aber, der Nürnberger Albrecht, hat das alles die wahre Wiedererwachsung genannt und reitet wie ein Halbgott auf dem Delphin hinaus in der schäumenden Flut.«

Nach langem Schweigen begann der Magister noch einmal: »Ihr seid verwirrt in Eurem Gemüt, lieber Freund, und es könnte nichts nützen, mit Euch darüber zu rechten. Aber von Seiner Gnaden dem Bischof muss ich noch sprechen. Er hat Eure Kunst aufs Höchste gepriesen, des bin ich Zeuge.«

»Gepriesen und geschmäht in einem Atem!«, schrie der Künstler, mit einem Male wieder völlig in die Wirklichkeit zurückversetzt. »Wie ein Stegreifritter ist er vor mir gestanden und hat mir mein Kleinod abgedrückt. Ihr aber« – er wich nun scheu in den Hintergrund des Gemaches zurück, als graute ihm – »Ihr seid dabeigestanden und habt höfisch geschwiegen.«

Herr Lorenz Fries war zum zweiten Male die knarrenden Stufen hinabgestiegen, und Bille schlüpfte in die Stube zum lesenden Meister.

Sie setzte sich ihm gegenüber an den Tisch, legte die Arme bis über die Ellbogen auf die Platte, faltete die kleinen, festen Hände und sah unverwandt auf das faltenreiche Antlitz. Der Meister achtete ihrer nicht, leise knisterten die Blätter unter seinen wendenden Fingern.

Ein holdes Bild kindlicher Demut sah sie lange Zeit, und ihre dunklen Augensterne waren regungslos auf ihn gerichtet – bis er gezwungen war, das Haupt zu heben.

»Willst du etwas, mein Kind?«

Sie schüttelte das Köpflein, und die Wimpern legten sich wie schwere Schatten auf ihre Wangen. »Die wunderschöne Statua meiner Patin – ich sehe sie noch immer vor mir«, schmeichelte sie. Dann aber schlug sie die Augen auf, und zornig zuckten ihre Lippen: »Darf Euch der Bischof die Statua wirklich nehmen?«

»Lass das!«, wehrte der Meister müde und beugte sich über sein Buch.

Wieder legten sich die Wimpern auf die runden, bräunlichen Wangen, die Brust hob und senkte sich, und Bille seufzte vernehmbar.

»Du willst etwas, liebes Kind?«

»Es ist mir oft so angst, so eng, so heiß, Herr Pate.«

»Bist du krank?«

»Ich bin nicht krank. Aber –«

»Du armes Kind, so sprich doch!«

»Wenn nur meine Frau Patin noch leben täte!« Sie erhob sich, kam heran und sank vor dem Meister in die Knie: »Ich möchte immer bei Euch sein und bleiben!«

»Liebe Bille, du bist doch von früh bis nacht bei uns, hilfst im Hause und niemand vertreibt dich.«

»Freilich«, flüsterte sie, »weil ich daheim der Stiefmutter im Wege stehe auf Schritt und Tritt.«

Der Meister strich zärtlich über ihren Scheitel. Ratlos und ahnungslos. »Du bist gewiss krank. Dir fehlt etwas?«

Sie umklammerte seine kühle Hand und bedeckte sie mit Küssen: »Mir fehlt die Mutter.«

Die Augen, die vorhin auf der Stiege so diebisch geflackert hatten, quollen über von ehrlichen Tränen. Aber dass Bermeter gelogen und betrogen hatte, sagte sie nicht.

Zur selben Zeit saß Jörg, der Bildschnitzer, Stiefsohn des Meisters von dessen erster Frau, mit seinem Weibe drunten in der warmen Stube. Ein wohlbeleibter Bürger, eine rundliche Frau mit freundlichen Zügen. Er schnitzte an einem Kochlöffel, sie warf die surrende Spindel.

»Hörste? Das kann man doch nimmer mit ansehen. So e verrückt's Ding, so e mannstörichts!«, sagte sie, und ihre Stimme klang in verhaltenem Zorn.

»Die Bille?«, fragte er gutmütig und prüfte mit Daumen und Zeigefinger die Glätte seines Kunstwerkes. »Ja, was willste dagegen tun? Sie ist doch sonst tüchtig. Das kannste nit abstreiten. Und die wo sonst so tüchtig sind, die sind halt in anderer Art auch hell.«

»Jawohl, die Bille. Und tüchtig sind solche meistenteils. Da haste recht. Aber um den Vater schmeichelt sie rum wie e junge Katz. Er wird schon emal sorgen für sie. Er ist ja so viel gutmütig. Er gibt das

Hemd vom Leib. Und wenn er kein Hemd mehr hätt', dann tät er die Haut geben und ließ sie gerben dazu.«

Jörg der Bildschnitzer lachte behaglich.

»Oder«, fuhr sie fort, »er hat noch andere Absichten mit ihr.«

»Red nit so dumm!«

»Wär das erste Mal nit, dass ein alter Mann ein junges Mädel heiratet«, behauptete sie störrisch.

»Kann sein – aber dann heißt er nit Tilman Riemenschneider!«, rief der Bildschnitzer.

»Und mit dem Bermeter hat sie's –!«, ereiferte sich das Weib.

»Vielleicht heiratet der sie und lädt uns auf Bettelmanns Hochzeit!«, spottete er.

»Und mit Nachbars Konrad hat sie's auch, wo sie ihn trifft.«

»Hat halt ein heißes Herz«, meinte er. »So red' doch mit ihr!«

»Jawohl, ich hab ihr den Standpunkt schon klargemacht. Und weißt, was sie gesagt hat? ›Frau Base‹, hat sie gesagt, ›was kann denn ich dafür, dass sie mich alle so gern haben?‹«

Er lachte: »Was geh'n dich anderer Leut' ihre Kinder an?«

»Jawohl, da lach' du nur! So was gefällt euch Mannsleuten. Ich weiß schon. Aber lass dir sagen, wir Weiberleut haben einen Abscheu davor. Und mich erbarmt's, das unerfahrene Ding, das.«

3.

Herrn Konrad, Bischof zu Würzburg, gebrach es in den nächsten Wochen gar sehr an Zeit, sich seines Handels zu erinnern. Kein Mensch dachte mehr daran, Heilige in die Kirchen zu stellen, unter denen der Erdboden wankte, und die Statua blieb ungestört in der Stube des Meisters. –

Es war ein taufrischer Morgen im April, und über dem weiten Tal stand leuchtend klar die Frühlingssonne am wolkenlosen Himmel. Die laue Luft tönte und hallte vom Singsang der Vögel. Saftgrüne Wiesen, schneeweiße Blütenbäume an den Hängen, violett leuchtende Weingärten bis an die Kämme der Hügelketten empor sogen den Glanz des Himmels ein und strahlten ihn jubelnd zurück. Eingebettet in all die Herrlichkeit lag die Stadt, umschlungen von ihren grauen Ringmauern, aus denen gleich Zacken die Spitzhüte ragender Wehren ins Land hinaus drohten – ein enges Wirrsal von Giebeln – und zwischen diesen gen Himmel weisende Türme zahlloser Kirchen und Kapellen, ein steingewordener Lobgesang über den Wohnungen und Werkstätten des Alltags. Aus dem blauduftigen Süden kam funkelnd und blitzend der noch ungebändigte Strom, drängte sich heran und hinein in die Stadt, zerschnitt sie gewaltsam in zwei ungleiche Teile, zwängte sich zwischen den Pfeilern der alten Steinbrücke hindurch, weitete sich und umspülte kleine, vergängliche Inseln, streifte die Borde stiller Altgewässer und wand sich in einem mächtigen Bogen hinter die nördlichen Hügel.

Auf dem langgestreckten Rücken, der gleich einem Riegel aus der Kette der Uferberge vorgeschoben ist gegen Strom und Stadt, thronte die alte Bischofsburg.

In dieser Zwingburg musste wohnen, wer zum Herrn gesetzt war im Lande der Ostfranken. Stromauf, stromab war keine Feste besser geschaffen zum Fürstensitze. Wie die Burg das Tal beherrschte und die schiffbare Wasserrinne, so beherrschte sie weithin das Land. Von hier aus liefen die unsichtbaren Fäden zu den Amtmännern in den festen Häusern der Dörfer, zu den Schultheißen in den Städten und zu den adeligen Lehnsleuten, die in engen Wasserburgen und hochgebauten Bergnestern hausten, und hierher waren die Blicke aller gerichtet, die unter dem Krummstab wohnten, hierher, auf das Bergschloss Unser Lieben Frau und auf die vier Türme der Kathedrale am Strom. –

Wer an jenem Morgen von Meister Tilmans Weinbergshäuschen hinunterblickte auf die Stadt und weit hinüber auf die Burg jenseits des Stromes, der konnte wähnen, dass der Schimmer unsagbaren Friedens ausgegossen sei über einer wundervollen Siedelung glücklicher Menschen.

Aber es war ein trügerischer Schimmer, es war ein verlogener Friede.

Das wusste auch Bille, des Meisters Patenkind, die unter dem vorspringenden Dächlein saß und nähte – selber anzusehen wie menschgewordener Frühling. –

Aus der Tiefe kam leise, dann immer lauter und härter der Klang emporsteigender Nagelschuhe, und jetzt hob sich über die oberste Stufe der schmalen Steinstiege eine Kappe, aus der eine schimmernde Geierfeder in die Luft stach.

»Bermeter –!«

»Jawohl, Bermeter –. Bermeter in allen Schenken, Bermeter in allen Gassen, Bermeter auf allen Plätzen. Denn jetzt ist Bermeters Zeit.«

Er schwang sich rittlings auf das Mäuerlein neben der Stiege, zog die Laute an ihrem Bande nach vorne und begann ein zartes Lied zu spielen.

»Schatz, wo ist der Meister? Ich muss mit ihm reden!«, rief er zwischenhinein.

»Höher hinaufgegangen, Tulpen pflücken«, sagte Bille und neigte sich über die Arbeit.

»Tulpen pflücken!«, wiederholte der Geselle verächtlich, griff noch ein paar Akkorde und brach sein Spiel mit einem schrillen Misston ab.

Er warf die Arme empor und dehnte sich, er schob die Laute auf den Rücken, sprang von der Mauer, ballte die Rechte und schüttelte sie gegen Stadt und Burg. Und als hätte er sich wieder anders besonnen, riss er die Laute abermals nach vorne und begann eine wilde Tanzweise zu spielen.

Ihre Hände waren in den Schoß gesunken, sie lehnte den Kopf zurück an die Holzwand und lauschte mit halb geöffnetem Munde und mit geschlossenen Augen, wie verzaubert.

Er spielte sein Lied zu Ende. Dann setzte er sich wieder auf das Mäuerlein, ließ die Beine baumeln und fragte lauernd: »Sag mir, was die Weise soll?«

»Die hast du heute Nacht gespielt«, kam die Antwort zurück.

»Hast's gehört? Ei, hast vielleicht noch mehr gehört?«

Das Mädchen schüttelte sich. »Du bist dabei gewesen!«

»Dabei gewesen?« Er reckte sich, als ginge das an seine Ehre. »Vorn dran gewesen! Und gekracht hat's. Ein starkes Tor, bei meinem Schutzpatron. Aber die Deichsel und die zwanzig, dreißig hinten am Wagen –! Schatz, lass dir sagen, das ist eine Pracht in solch einem Domherrnhof, nicht zum glauben. Und dann der Spaß! Zu hinterst in der letzten Kammer – hu, der fette Dachs!« Bermeter patschte sich auf die Schenkel. »Schatz, ich hör ihn noch fauchen: ›Wagt es, den Gesalbten des Herrn anzutasten!‹ Hu, das vergess ich nie.«

»Einen Priester!«, rief das Mädchen.

»Geölt und geschoren! Aber sei unbesorgt, wir haben ihm nichts zuleide getan – wir haben ihn nur mit seinem Sessel gehoben – unsanft, das muss ich ja gestehen –, haben ihn mit Fackeln und Musik in den Hof getragen und auf den Mist gepflanzt. Da ist er dann die lange Nacht gesessen in Reu' und Leid. Wir aber – ei, nun weiß ich, warum die Pfaffen ihre Höfe so verriegeln.«

»Räuber und Mörder seid ihr!«, rief sie entsetzt.

»Mörder?« Bermeter saß regungslos und starrte vor sich hin.

»Schatz – kennst du das Tor? O gewiss, du kennst das Tor mit dem geschnitzten Bärenkopf, der den Schlagring hält? Du gehst doch alle Tage vorüber. Ei du, schau nimmer hin! Es war einmal eine junge Bürgersfrau in dieser Stadt – schön, vielleicht fast so schön wie du – was kann ich wissen? Und es war ein Domherr, jung und frech und lang noch nicht so fett wie heute. Und es geschah, dass er Gefallen fand an ihr und auf der Lauer lag bei Tag und Nacht. Und wieder nach einer Weile war sie verschwunden. Verstehst du? Nicht spurlos, o nein, es lief eine starke Fährte bis an den Bärenkopf. Doch hinter dem verlor sie sich. Daheim heulte ein schwarzäugiges Büblein und schrie nach der Mutter. Und ein betrogener Mann knirschte ohnmächtig mit den Zähnen, lief treppauf, treppab zu den Vornehmen, drang in den Rat, schrie das Gericht an – und fand kein Recht. Lieber Schatz, wenn du am Bärentor vorübergehst, dann schau nicht hin. Denn an der Schnauze mit dem Schlagring hat er sich zuletzt den Schädel eingerannt. Das schwarzäugige Büblein von damals weiß alles noch, als wär es gestern gewesen.«

»War sie freiwillig in den Hof gegangen?«, brachte Bille heraus, und ihre Augen flackerten.

»Freiwillig? Ei, mit Gewalt wird man sie nicht hineingeschleppt haben – wer lernt die Weiber aus? Ach, es ist eine Pracht und Herrlichkeit in solch einem Pfaffenhof. Das weiß ich auch seit heute Nacht.«

Klingende Schritte kamen hinter der Hütte den Berg herunter. Meister Tilman trat um die Ecke. Er trug einen großen Strauß gelber Weinbergstulpen.

Der dunkle Geselle sprang behände von seinem Mäuerlein und näherte sich dem Bildschnitzer demütig und vertraulich.

»Ihr, Bermeter?« Tilmans Stirne zog sich in tiefe Falten: »Wisst Ihr, dass lose Buben heute Nacht gräulichen Unfug verübt haben, in Domherrnhöfe eingebrochen sind –?«

»Die Stadt ist voll davon, Meister«, antwortete Bermeter leichthin. »Auch ich habe davon gehört.«

»Nur gehört?«, fragte Tilman, und seine Stirne glättete sich.

»Erbärmliche Mittel«, fuhr Bermeter fort, »wenn es sich um eine große Sache handelt.« Er zuckte die Achseln. »Aber wer kann's dem gemeinen Mann verdenken, wenn er sich Luft schafft?«

Das Mädchen unter dem Dächlein hinter dem Rücken des Meisters hob entsetzt die Arme, faltete die Hände über ihrem Haupt, schüttelte sich und ließ die Hände wieder in den Schoß sinken. Aber sie gab keinen Laut.

Der dunkle Geselle schlich näher an den alten Mann und begann halblaut, als berichtete er gleichgültige Dinge: »Es ist Botschaft gekommen von dem Bauernheer, das gegen Würzburg heranzieht – zwanzigtausend, dreißigtausend, was weiß ich? Und über ein Kleines, dann wird die Sintflut hereinbrechen über Pfaffen und Herren. Das ist die große Sintflut, die ausgeht vom Planeten Saturn und prophezeit ist von langer Zeit her. Die Kräfte des Planeten sind in die Bauern gefahren, und die Söhne des Saturn brausen heran. Über ein Kleines, und dieses Tal wird wogen und schäumen, und wie eine Insel wird die Feste des Bischofs stehen – wie lange? Immer höher werden die Fluten steigen und nicht ruhen und rasten, bis das Schloss herunten ist. Dann wird sich die Flut verlaufen und wird ein neuer Himmel sein und eine neue Erde. Und es wird nicht mehr geben Zentauren, die auf den Heerstraßen toben und in festen Häusern den Schweiß der Kleinen verprassen, die Augen verdrehen und sagen, es ist Gottes Ordnung, dass der Bauer allen front, den Junkern, den Pfaffen, den Bürgern. Und es werden keine Domherren sein, die mehr soldatisch als geistlich leben und allen Lastern dienen – keine fetten Klosterherren, die den Armen himmlische Glückseligkeiten vormalen und dabei zusammenraffen, was die Erde trägt und hervorbringt. Meister, lieber Meister, Ihr seid immer ein Freund der Kleinen und Bedrückten gewesen und habt keinen Anteil an den Sünden der Großen. Und lasst Euch sagen, auf Euch schauen jetzt die Augen vieler, und es geht eine Rede im Volk – was wird Meister Tilman, der Ratsherr, tun in dieser Zeit, er, der das Erdenleid dargestellt hat auf zahllosen Altären landein, landaus? Wird er sich auf die Seite der Bedrücker schlagen und in der Stunde der Befreiung die Gebilde seiner Hände Lügen strafen?«

»Was vermag ich in diesem Wirrsal?«, rief der alte Mann erregt. »Ich bin ein Freund des Friedens mit jedermann, und Krieg und Blutvergießen sind mir ein Gräuel, solange ich denke.«

»Wer spricht von Blutvergießen, guter Meister? Die Schwerter der Bedrücker werden sich von selbst in die Scheiden verstecken, und ohne Blutvergießen wird der Friede seinen Einzug halten. Aber eins ist not: Alles, was bedrückt ist, muss sich erheben, und die Eintracht muss gepflanzt werden unter denen, die ins Land der Zukunft schauen.«

Er richtete sich hoch auf und sah dem alten Mann mit blitzenden Augen ins Gesicht: »Meister, ist's recht, dass der Bischof die Bürger dieser Stadt aufbietet, sie den Bauern entgegenzuschicken?«

»Es ist sein gutes Recht, Bermeter.«

»Meister, ist's recht, dass der Bischof von allen Enden fremde Reisige herbeiruft und Bürgerquartiere fordert? Warum will er die Wehrhaften aus der Stadt ziehen und die Wehrlosen den Fremden preisgeben?«

»Das kann er nicht wollen!«, rief Tilman.

»Das eben ist die Frage, ob er's kann!«, raunte der dunkle Geselle. »Wenn wir nicht wollen, kann er's freilich nicht. Aber wenn wir seine Hinterlist nicht durchschauen, dann ist die Stadt verloren. Es ist immer das alte Lied – hie Bischof, hie Stadt; und mir dünkt, das Lied, das seit dreihundert Jahren bald laut, bald leise tönt, wird jetzt zu Ende gepfiffen. Ein Stück Freiheit nach dem anderen haben die Bischöfe der Stadt abgeschabt – jetzt, so sagt sich dieser Bischof, geht's in einem hin, und mit Gottes und des Schwäbischen Bundes Hilfe werden wir die Bauern zu Paaren treiben und die Bürger an die Beine schlagen, dass sie das Aufstehen vergessen. So hetzt er die Bürger gegen die frommen Bauern und gegen das heilige Evangelium, und die Bauern sollen an den Bürgern Henkersarbeit verrichten, damit Kirchhofsruhe werde im Lande.«

Er trat vor den alten Mann. »Meister, ist's recht, dass der Bischof in Heimlichkeit –?« Seine Augen funkelten, und was er nun vorbrachte, das sprach er so leise, dass es nicht einmal Bille verstehen konnte, so sehr sie den Hals reckte und die scharfen Ohren spitzte.

Immer größer wurden Tilmans Augen, und endlich rief er entsetzt: »Das ist unmöglich –!«

»Ich glaub's ja, dass Ihr der Bosheit nicht in ihre Schlupfwinkel nachdenken könnt, guter Meister, und ich wollte gerne mit Euch sagen, es ist unmöglich. Wenn nur nicht« – er lachte hämisch – »der Bischof selbst den ganzen Satansplan dem Schwäbischen Bund hätte schreiben lassen, und wenn nur nicht die frommen Bauern den Boten samt dem Brief geworfen hätten. Jetzt aber hab ich ihn.«

Er riss ein Papier aus dem Wamse und schwang es wie eine Fahne: »Kennt Ihr die Schrift des Magisters?«

Der Meister nahm das Blatt und las. Bermeter aber wandte sich und setzte sich wieder auf das Mäuerlein. Und aufs Neue begann er sein Spiel, und wie feine Funken sprangen die Töne aus den Saiten.

Nach langer Zeit faltete Tilman das Schreiben und schob es in sein Wams: »Ihr lasst mir den Brief –?«

»Verwahrt ihn gut!«, riet Bermeter. »Und gebt ihn beileibe nicht aus den Händen!«

In tiefem Sinnen stand der Meister, und schmeichelnd begann der Geselle: »Tilman, der Bildschnitzer, wird in alle Zukunft berühmt sein in dieser Stadt und weit und breit im Frankenlande trotz unserem Bischof, auch wenn er heute noch, was Gott in Gnaden verhüte, die Augen schließen müsste. Aber noch heller wird der Name Tilmans, des Ratsherrn, klingen, der in harter Notzeit die Stadt gerettet, den gemeinen Mann beschützt, das heilige Evangelium gefördert und das göttliche Recht zum Siege gebracht hat. Es kommt mit Macht und Herrlichkeit die neue Zeit und wirft die Fürsten und die Pfaffen, richtet auf das Reich Kaiser Karls des Großen und erlöst den gemeinen Mann, dass er frei wird wie der Bauer im Schweizerland.«

Der Meister schüttelte zweifelnd das Haupt: »Bermeter, mir ist doch, als hättet Ihr Euch noch nie so sehr ums Evangelium gesorgt?«

Der dunkle Geselle sprang von seinem Sitze, trat vor den Meister und sah ernsthaft an sich herab: »Könnte es nicht sein, dass mir das Wort des Wittenbergers von der Freiheit des Christenmenschen in das leichtfertige Gemüt geschlagen hat?« –

Sie gingen hintereinander die engen Stufen hinab. Voran der alte Mann mit den süßduftenden Tulpen, und in seinen Ohren summte es fort und fort: »Meister, ist's recht –?«

Hinter ihm Bermeter mit der Laute im Arm, ein Marschlied klimpernd. Zuletzt das Mädchen. Als sie an eine Biegung kamen und die Gestalt des Meisters hinter einer Mauer verschwand, legte Bille die Hände schwer auf die Schultern Bermeters und zwang ihn zum Stehen.

Und mit heißem Atem flüsterte sie nahe an seinem Ohr: »Und was ist aus dem verlassenen Kind worden?«

Bermeter sprach halblaut zur Seite: »Ein Waisenbüblein, hin und her gestoßen bei fremden Leuten, ein Bub auf allen Gassen, jedermann im Weg; ein Klosterschüler um Gottes willen, geduckt und geschlagen, bis er ausbrach und in die Welt lief; ein Malerknecht, verschwägert mit Hunger und Kummer, bis er Unterschlupf bei Meister Tilman fand. – Du, hörst mich –?« In seiner Stimme zitterte ein wehleidiger Ton. »Bist du auch bei denen, die auf den Überall und Nirgendwo Steine werfen?«

Ihre weichen Arme umschlangen ihn, ihre Lippen suchten seine Wange, und raunend gab sie zurück: »Niemals!«

Meister Tilman ging mit schweren Schritten zu Tal und spann sich ein in einen schönen Traum.

4.

Es war doch alles so wohlgeordnet gewesen im Heiligen Römischen Reiche Deutscher Nation. Tief unten lebte die Masse derer, denen es bestimmt war, die Erde umzuwühlen im endlosen Wechsel der Jahreszeiten, an der Scholle zu kleben, auf der Scholle zu leiden, in die Scholle zu sinken nach ihren Tagen. Und auf diesen lastete es wie ein schweres Netz mit engen Maschen: Herren und Herrlein, Krieger und Priester – untereinander verschieden, gegeneinander in ewige Kämpfe verstrickt, dennoch einig in dem angeborenen Bewusstsein, dass die da drunten letzten Endes nur für sie geschaffen seien, und dass die Verpflichtung zum Schutze Hand in Hand gehe mit dem ungehemmten Genuss aller Güter.

So war's gewesen, und wenn sich in der grauen Masse einmal etwas geregt hatte, dann war eben das Netz umso straffer gespannt worden. Doch heute? –

Um dieselbe Zeit, als Bermeter auf der Weinbergsmauer saß und die Laute schlug, stand der Bischof droben im Schlosse in der tiefen Nische am offenen Fenster seines Arbeitsgemaches und blickte in schweren Gedanken auf die Stadt, die, vom Sonnenlichte übergossen, in all ihrer heiteren Pracht zu seinen Füßen lag.

Und plötzlich sagte er ganz laut: »Der Pfeifer kommt wieder!«

Auf dieses hin erhob sich ein Wolfshund in der Tiefe des Gemaches, schritt unhörbar über den Teppich und winselte leise. Als er nicht beachtet wurde, sprang er auf die Polsterbank der Nische, setzte sich, legte die Pfote auf den Arm seines Herrn und sah ihn fragend von der Seite an.

»Wo gehört der Hund hin?«, rief der Bischof.

Da sprang der Rüde gehorsam von der Bank, setzte sich und gähnte laut auf.

Der Bischof wandte den Blick nicht von der Stadt; aber seine Rechte strich liebkosend über den Kopf des Tieres. –

Bischof Konrad hatte am hellen Morgen eine Vision: Er sah den Pauker von Nicklashausen, dem sich vor fünfzig Jahren die Mutter Gottes geoffenbart hatte. Er sah, wie er seine Pauke verbrannte und allem Volke Buße predigte. Er sah, wie Tausende und Abertausende dem Manne mit der Zottelkappe in Verzückung lauschten. Er sah, wie sie sich um eine Zottel aus seiner Kappe rauften, weil er gepredigt hatte, dass ein jeder sich mit seinen selbsteigenen Händen ernähren müsse, dass keiner mehr besitzen dürfe als der andere. Und er sah die Gewappneten des Bischofs in den Haufen brechen und den Wundermann gefangen auf den Frauenberg schleppen. Und dann – ja dann kamen sie zu Tausenden gezogen, und der Berghang wimmelte – die einen trugen ihre Wehren, die anderen aber trugen Kerzen. Und am hellen Morgen flammten Hunderte von Kerzen auf, bettelten um Gnade für den frommen Jüngling und brannten schwelend ab. Ein Dunstschleier legte sich über die Massen, und wie sie gekommen waren, unter frommen Gesängen, so fluteten sie zurück in die Tiefe, wohin sie gehörten.

»Der Pauker ist vom Scheiterhaufen gestiegen, der Pauker kommt wieder!«, sagte Bischof Konrad zum zweiten Male mit bebenden Lippen, ging herunter ins Gemach und begann auf und ab zu schreiten. Wortlos rang er die Hände.

Es schien, als wäre es dem Hunde nicht mehr geheuer in der Nähe seines Herrn. Er zog die Rute ein, strebte unhörbar zum Ofen zurück und verkroch sich.

Und wieder trat Herr Konrad ins Fenster und starrte ins Land hinaus. Und plötzlich begann er halblaut, als wäre er ein Kind und fürchte sich im Dunkeln, einen Spruch zu sagen:

Sorgen stehen wie Gespenster,
Ach, vor jedem Kammerfenster;
Kaum ist eine abgezogen,
Kommt die andre angeflogen;
Sorgen groß und Sorgen klein
Gucken Tag und Nacht herein,
Ob du wachest oder träumst –
Bis du einst das Häuslein räumst:
In dein letztes Kämmerlein
Dringt kein Sorgenblick hinein.

Also sprach Herr Konrad, Bischof zu Würzburg, Herzog in Franken, und sah das gute, sorgenvolle Antlitz seiner seligen Mutter, hörte ihre Stimme und fühlte ihre Hand auf seinem Scheitel ruhen.

Nach einer Weile ging er an den Wandteppich zur Linken und schob ihn auseinander. Ein Betschemel stand vor einer Nische, und in der Nische hing ein lebensgroßer Kruzifixus.

Der Bischof sank schwer in die Knie und barg sein Haupt in den gefalteten Händen.

Aber sein Gebet war zerrissen von den Gedanken, die sich in seinem Gehirn kreuzten.

Vor seinen geschlossenen Augen wälzten sich die Heere der Bauern heran, und in seinen Dörfern stand das Volk auf und strömte den Brüdern entgegen – die einen mit Jauchzen, die anderen unter hartem Zwang.

Er hatte sich oft gerühmt, dass er den Abriss seines Bistums mit allen Städten, Dörfern, Burgen, Klöstern, Wäldern, Flüssen und Straßen jederzeit aus dem Gedächtnis auf eine Tafel werfen könnte. Jetzt war vor seinen geschlossenen Augen ausgebreitet das schöne, reiche Frankenland, und vor diesen seinen Augen begann ein Kloster nach dem anderen zu brennen, eine Burg nach der anderen zu rauchen. Und auf Straßen und Steigen ritten und liefen seine Boten in weite Fernen um Hilfe, ritten und liefen die Boten seiner Amtleute, seiner Lehnsleute, seiner Klöster, hergesandt zu ihm, Hilfe heischend von ihm, dem hilfebedürftigen Herrn. Und da drunten lag die Stadt im Sonnenscheine, sie lag so tief, dass all ihr Lärm nur gedämpft zu ihm empordrang, – lag wie ein böses Rätsel, zu dem er den Schlüssel suchte, dass ihn der Kopf schmerzte.

Nein, er konnte nicht beten; der Grimm schüttelte ihn, der Geist der Empörung, der durch die Lande ging, hatte auch ihn gepackt. Aber gegen wen sollte er, der Herr, sich empören? Gegen Sichtbares? Wo wäre dieses Sichtbare gewesen?

Nein, in dumpfer Auflehnung gegen das Unsichtbare, Angreifbare richtete er die geröteten Augen auf Tilman Riemenschneiders Heilandsbild am Kreuz in der Nische und rief es an: »Warum denn ich – warum nicht die vor mir? Warum auf meine Schultern diese Last –?«

Grollend erhob sich der Hund am Ofen, und von der Türe her gab eine tiefe Stimme die Antwort: »Weil die Gottheit den Schultern eines jeden Menschen nur das auferlegt, was er im Aufblick zu ihr zu tragen vermag. Muss ich, der Laie, das dem Gesalbten des Herrn verkünditgen?«

»Du hier, Lorenz?«, sprach der Bischof, stand auf und ging mit schweren Schritten ins Fenster zurück.

Bedächtig kam der Hund vom Ofen und schnupperte am Wamse des Magisters. Ein Ruf des Herrn scheuchte ihn zurück.

»Eure fürstliche Gnaden wollen vergeben«, sagte Fries und beugte das Knie, »dreimal habe ich gepocht, dann habe ich's gewagt, auch auf die Gefahr, dass ich störe. Denn die Herren in der Ratsstube warten seit einer Stunde auf Eure Entschließung.«

»So sprich!«

»Eure Gnaden wollen vergeben, die Herren haben sich drei Stunden mit Euch beraten und haben gesprochen –«

»Jawohl, der eine dies, der andere das, und in dem Knäuel ihrer Meinungen soll ich den Faden suchen und den Wirrwarr lösen.«

»Darin ist Pflicht und Vorrecht des Fürsten beschlossen, Eure fürstliche Gnaden.«

»Wer kann uns helfen?«, stöhnte der Bischof. »Der Schwäbische Bund? Der ist weit von hier und hat zu Hause Arbeit genug. Der Markgraf von Ansbach? Der Pfalzgraf? Der Bischof in Bamberg? Wer kann uns helfen?«

»Zunächst keiner«, sagte Fries, »und also sind wir auf uns selber gestellt.«

»Der Henneberger!«, grollte der Bischof.

»Der könnte, aber er will nicht.«

»Die Stadt, die Stadt!«, rief der Bischof.

»Die Stadt – ist ein Ding für sich. Davon wäre später zu handeln.«

»Nun also, was bleibt mir übrig? Einhundertfünfzig Reiter draußen bei Aub und eine Handvoll Domherren mit ihren Knechten da heroben im Schloss, das ist heute meine ganze Macht. Was bleibt mir übrig?«

»Ein rascher Entschluss und die Gewalt!«, sagte Fries.

»Die Gewalt!«, stöhnte der Bischof. »Soll ich als erster unter den fränkischen Herren die Gewalt herauskehren und mich einen Blutdürstigen schelten lassen?«

Unbeirrt fuhr der Magister fort: »Noch sind die meisten Ämter im Lande ruhig, nur die Dörfer im Süden haben sich empört, und die Bauern ziehen dem Feinde zu. Man befehle den Reisigen, in die verlassenen Dörfer der Rebellen einzufallen, Weiber und Kinder daraus zu vertreiben, die Häuser anzuzünden, dass die Flammen emporschlagen und der Rauch in die Wolken stinkt, weithin sichtbar zur Warnung für die Unruhigen, zum Trost für die Friedfertigen, zum Heil des ganzen Landes. Dann sammle man die kleine Macht und stelle sie den Heranziehenden dort entgegen, wo sie den Kopf ins Bistum strecken. Wer sind denn diese Bauern? Ein Heer von Kriegern oder eine Bande von Räubern und Mordbrennern? Solcher Bande kann Abbruch geschehen auf mancherlei Weise: Man hemme den Zulauf, man sperre die Zufuhr. Inzwischen versammeln sich hier oben die aufgebotenen Herren und Ritter aus dem ganzen Lande, – und mit der Zeit kommt weiter auch der Rat und wohl zuletzt die Hilfe von außen. Was jetzt nottut, ist, dass Euer Land frei bleibt und dass die Stadt nicht angesteckt wird von der Pestilenz des Aufruhres. Also noch einmal, Eure fürstliche Gnaden: Die Funken austreten –«

»Und sengen und brennen, dass die Flammen gen Himmel schlagen!«, rief Herr Konrad klagend. »Höre, ich bin doch nicht allein der Fürst über ihre Leiber, ich bin auch der Bischof ihrer Seelen – ein Doppelgeschöpf, das zwiespältig zu denken gezwungen ist.«

»Ich schätze, fürstliche Gnaden, Ihr seid in dieser Notzeit zuerst und zuletzt der Schirmherr des Landes!«, sagte Fries.

»Ich bin der Bischof ihrer Seelen und frage mich zweifelnd, ob nicht doch auch schweres Unrecht –«

»Dazu ist es jetzt zu spät!«, rief der Magister, und seine Stimme klang hart und rau. »Jetzt heißt es nicht erwägen, wie man hineingekommen ist, jetzt gilt's herauszukommen.«

»Du hast gut reden«, klagte der Bischof. »Ich denke weiter. Und wenn ich einst da drunten im Dome liege in einer Reihe mit dem frommen Scheerenberg und neben dem sanftmütigen Bibra, dann wallen an Kiliani die Kinder und Weiber aus den Dörfern, die ich verbrannt habe, knien und segnen die anderen und fluchen heimlich hinunter in meine Gruft.«

»Das wäre eine spätere Sorge, o Herr. Wohl tragt Ihr den Krummstab, doch daneben das Schwert. Aus den Tiefen der Vergangenheit ziehen die Völker, und aus allen Zeiten und Zonen tönt in allen Sprachen die ewige Wahrheit, dass Herrscher und Beherrschte sein müssen. Und hierzulande seid Ihr der Herr. Ihr habt das nicht gemacht; es war all die Jahrhunderte vor Euch, und als sie Euch zum Bischof und zum Fürsten wählten, gaben sie Euch mit dem Krummstab das Schwert in die Faust. Befällt Euch aber Grauen, das Schwert zu ziehen gegen die Empörer, die Euer gesalbtes Haupt antasten, dann rufe ich Euch den Spruch des Römers ins Gedächtnis, in den die harte Pflicht des Regierenden gefasst ist wie der funkelnde Stein in den Ring: Immedicabile vulnus ense recidendum est, ne pars sincera trahatur.«

Schweigend stand der Bischof in der Fensternische, und das Sonnenlicht spielte über die Falten seines violetten Gewandes. Schweigend stand der Staatsmann, und über dem weißen, gekräuselten Halsteller blickten halb geschlossene Augen forschend auf den Herrscher hinüber.

Endlich sagte Herr Konrad: »Die Stadt, die Stadt! Die Stadt muss unser bleiben. Wo sollte ich das Aufgebot der Herren und Ritter beherbergen? Die Stadt! Man muss verhandeln und sich ihrer versichern. Man muss einzelne Ratsherren herausholen – muss locken, muss versprechen.« Er hielt inne. Dann rief er plötzlich: »Tilman Riemenschneider!«

Ein bedenklicher Blick aus den halb geschlossenen Augen streifte über den Fürsten und blieb seitwärts am Kruzifixus des Meisters in der Nische haften. »Tilman Riemenschneider, Eure fürstliche Gnaden? Der hat allerdings den größten Anhang im Rat und in der Bürgerschaft.«

»Nun also –!«, rief der Bischof.

»Ich will's versuchen, fürstliche Gnaden. Aber was soll ich Euern versammelten Ratsherren melden? Dürfen die Befehle an Eure Reisigen hinausgehen?«

Der Bischof wandte sich zum Fenster und sagte halb rückwärts: »Dem versammelten Rat entbiete Unseren Gruß. Wir wollen Uns alles noch ernstlich überlegen. Morgen um dieselbe Stunde mögen sie sich wieder versammeln.«

»Morgen –?« Ein mitleidiges Lächeln ging über das strenge Antlitz des Vertrauten, und mit höfischer Kniebeuge entfernte er sich aus dem Gemach.

5.

Wer in ruhigen Zeiten des Abends zwischen neun und zehn Uhr durch die Gassen Würzburgs ging, der konnte sich kaum jemals über großes Gedränge beklagen. Seine Schritte hallten zwischen den Giebelhäusern, das Licht aus der Laterne, die er selber trug oder vor sich tragen ließ, huschte lautlos über den Staub oder, je nachdem, über den Morast des Weges, und gassenweit begegnete ihm kein Mensch – wenn nicht etwa die Scharwache festen Trittes mit Windlichtern an ihm vorbeizog. Verschlossen waren die Tore der Häuser und die Läden der Werkstätten, lichtlos blickten die Fenster in den oberen Stockwerken. Da und dort nur drang roter Schein aus den Ritzen eines Ladens, tönte Lautenspiel und gedämpfter Gesang aus der Weinstube einer Bäckerei in die Stille der Nacht. Längst waren die Betglocken verklungen, die Kindlein schliefen in den Kammern, das Vieh in den Ställen. Längst auch hatte ein ehrbarer Bürger den letzten und nicht den sauersten Gang des Tages getan und war bedächtig mit dem gefüllten Krüglein aus der Tiefe des Kellers zurückgekehrt – dem Mostkrüglein, das genau in die kleine Nische passte, die in halber Armeslänge neben jedem ehelichen Himmelbette dieser Stadt in die Mauer gebrochen war.

Später freilich, um die elfte Stunde, um die zwölfte Stunde, verlangte allnächtlich das Leben wieder sein Recht, und die Scharwache vermied nun wohlweislich die Gassen und Plätze, wo unversehens das geöffnete Tor einer vornehmen Herberge trunkene Edelleute oder schwankende Chorbrüder vom heiligen Kilian ausspeien konnte. Und dann hallten wohl die Giebel vom Gesang und vom Geschrei, und der aus dem Schlaf geschreckte Bürger lauschte, ob sich nicht wieder einmal aus Gesang und Geschrei plötzlich das gellende Mordio löse.

Heute aber war das Bild ein anderes. Heute wogte zwischen neun und zehn Uhr in den Gassen und auf den Plätzen unter einem blinkenden Sternenhimmel erregtes, erhitztes Volk. Aus vielen Fenstern drang Lichtschein, die Läden der Schenken standen weit offen, und raue Gesänge tönten ins Freie. Da und dort hatten sich vor einer Bäckerei dunkle Haufen zusammengeballt, und draußen wie drinnen lauschte männiglich auf eine wilde Rede und brüllte ihr Beifall. Dagegen waren die vornehmen Herbergen geschlossen und die Läden ihrer Fenster sorgsam verwahrt, und in tiefer Stille lagen vollends die stolzen Domherrnhöfe mit ihren Kemenaten, Ställen, Scheunen und Gärten. –

Tilman Riemenschneider verließ um diese Zeit seine Behausung im Wolfmannszichlein und machte sich auf den Weg zu Lorenz Fries. Denn dieser hatte ihn durch einen eiligen Boten noch in so später Abendstunde zu sich gerufen.

So kam er durch die Sterngasse über den Sternplatz heraus auf die breite Straße, aus der die Menschen wogten vom Dom bis an den Torbau der Mainbrücke.

Schlank und hoch ragte der Turm am festen Haus zum Grünen Baum, der Grafen-Eckarts-Turm, in den nächtlichen Himmel hinein, und dort auf dem freien Platze, wo die uralte heilige Linde der Stadt ihre zartbelaubten Äste spreitete, stand im weiten Ringe Kopf an Kopf das Volk.

Tilman Riemenschneider überließ sich, seine Richtung ändernd, dem Zug der Menge und kam nahe an den Baum heran.

Der Platz lag in einer Dunkelheit, die nur vom Glanze des Sternenhimmels schwach erhellt war. Aber in einem Eisenringe am Stamme des Baumes stak eine Fackel, und ihr lohendes Feuer warf züngelndes Licht über die Gestalt eines Redners, der auf der Bank stand und mit halbem Leibe über das Volk emporragte, mit den Armen in die Luft stieß, den Kopf abwechselnd nach drei Seiten wandte und schrie, dass es gellte.

Der Meister stand nun festgekeilt in der lautlos horchenden Menge.

»Es wird nicht besser – in der Welt – als bis – die ganze – Welt ist – eine einzige große – Bruderschaft. Alles – was wider das heilige

Evangelium – ist, muss – ab sein und tot; denn es ist – heidnischer Gräuel – Spitzet – die Ohren – liebe Leute und luset hinaus – in die Nacht. Hört ihr's? – Hunderttausend sind's – Hunderttausend stampfen einher – und alles wird – gleich unter dem Bundschuh, hört ihr's? Und – so gewiss morgen die Sonne wieder – aufgeht – so gewiss geht – auf eine neue Zeit – bricht an das – Goldene – Tausendjährige Reich – von dem geschrieben ist in der – Offenbarung Sankt Johannis. Darum – so reißt eure Tore – auf, lasst sie herein – die Brüder und – die neue Zeit – in alle – eure Gassen –! Genug für heute. – Trau, schau, wem? – Ich sage euch – der Teufel geht umher – wie ein brüllender Löwe – und sucht, welchen er verschlinge. Ihr wisst, wen ich meine. – Hütet euch und haltet euch – bereit!«

Der Redner hatte geendet und war von der Bank gestiegen. Die Luft erdröhnte vom Beifallsgeschrei der entzückten Hörer, und wieder und wieder tauchte die Kappe mit der spitzen Feder über der Menge empor, und der weithin sichtbare Kopf verneigte sich grüßend nach allen Seiten.

»Der kann die Worte setzen – der hat's uns gesagt. Wenn's nur der auch gehört hätte – auf den es gemünzt war. – Wer ist's? – Ei, den kennt doch jedes Kind! Wer wird's denn sein? Der Bermeter halt.« –

Tilman Riemenschneider sah unverwandt mit scharfen Augen in den dunklen Menschenknäuel. Etliche Schritte vor ihm – jawohl – da stand sie – das war sie. Und sie hatte ihr Halstuch abgerissen und schwang es jauchzend über ihrem Kopfe.

Meister Tilman drängte sich näher. »Bille!«

Sie fuhr zusammen, aber sie wandte sich nicht.

»Bille – was tust du jetzt noch auf der Gasse?«

Sie war in der Menge verschwunden.

Vom Turme, von der Augustinergasse, von der Brücke drängte es heran. Gellende Pfiffe tönten vom Brückenturm her, Schreien, Johlen und Pfeifen antwortete aus der Augustinergasse. Tilman ward im Strome mitgerissen, die Greden hinauf, dem Dome zu. –

Endlich hallten seine Schritte wider in menschenleeren Gassen.

Er musste stehen bleiben. Ein Schauer lief über seinen Leib.

Bermeters Rede hatte ihn tief bewegt. In Bruderliebe hatte sein Herz allen denen entgegengeschlagen, die mit ihm auf die Worte lauschten. Da war das Pfeifen und Johlen gekommen. Das fürchterliche Pfeifen. In seinem feinen Gehör zitterte es schmerzhaft nach. Es war etwas in ihm, das sich aufbäumte gegen den pfeifenden, johlenden gemeinen Mann.

Aber nein – er riss sich zusammen, stieß den Stab auf den Weg und strebte vorwärts. Er war ihr Bruder und wollte ihr Bruder bleiben. Er wusste sich eins mit dem kleinen Mann, mit dem gemeinen Mann im Hasse gegen die faulen Bäuche in den Domherrnhöfen. Auch er hielt es für eitel Sünde, wenn draußen auf dem flachen Lande immer wieder Menschen von Menschen wie Lasttiere gehalten wurden. Viele, viele Gestalten auf seinen Altären – Heilige und Apostel, Märtyrer und Pilgrime – was waren sie anderes als Brüder und Schwestern des Lazarus vor des Reichen Türe, Brüder und Schwestern aller Lazarusse unter seinen Zeitgenossen?

Und dennoch – das Pfeifen! Das unpersönliche, das hinterhältige, aus unbekannten Tiefen hervorbrechende Pfeifen, das seine Künstlerohren unsagbar beleidigte –!

»Erwachende Tiere!«, sagte er plötzlich ganz laut vor sich hin, blieb stehen und stieß den Stab auf den Weg. Aber sogleich dachte er weiter: »Und wenn es erwachende Tiere waren – ei, wer hatte sie denn zu Tieren gemacht, sie und die Tausende und Tausende, die nun von allen Seiten heranstampften?«

Er ging fürbass, nahm den Stab unter die Achsel und versenkte die Hände in die Seitentaschen seines Wamses. Und seine Finger krallten sich um jenes doppelte Etwas, das er beim Fortgehen zu sich gesteckt hatte, seine Finger rollten, hoben und senkten es. Und die unsagbare Bitterkeit, die er seit jenem Winterabende gegen den Bischof und gegen seinen geschmeidigen Knecht hegte, stieg auf in ihm und würgte ihn.

Seine Zähne knirschten. Ein ganzes Volk verband sich seinem stummgebliebenen Hasse. Ein ganzes Volk schob sich zwischen ihn und den Freund von ehedem, Lorenz Fries. Tobend, johlend, pfeifend.

Jawohl – pfeifend! Lass sie johlen, Tilman Riemenschneider, lass sie pfeifen! Das ist die rechte Musik dieser Zeit gegen die Unterdrücker.

Und sein Traum von heute Vormittag glitt jählings hinein in die Wirklichkeit.

Das war der Hof zum großen Löwen nahe beim Kloster der Predigermönche, der Hof mit seinen Kemenaten und Gängen, seiner alten Geschichte und seinen Sagen. Das war der Hof des Lorenz Fries.

Gellend klang die große Glocke, die er zog, und hallte wider in der Tiefe des Hauses. Und mit dem fast körperlichen Gefühl, dass jetzt mit ihm das Volk in die dunkle Wohnung des Fürstenknechtes hineinströmte, dass jetzt zahllose Unsichtbare gespenstig mit ihm die ächzenden Stufen hinter dem Lichtlein der Magd hinanstiegen, kam er vor das Gemach, in das ihn die Stimme des Magisters – die Stimme, die seinen Ohren hart und scharf und ebenso widerlich klang wie vorhin das Johlen und Pfeifen der Gasse.

Dann stand er in einer großen niederen, von einer Hängelampe beleuchteten Stube vor dem Manne des Bischofs. –

Lorenz Fries hatte einen Tag harter Arbeit hinter sich. Ach, nicht nur einen Tag. Da war seit acht Tagen nichts gewesen als Tag und Nacht im Rate sitzen, konzipieren und schreiben – schreiben – schreiben. Wohl war er's nicht allein, der da droben in der Burg beriet, konzipierte und schrieb – o beileibe nicht. Da sprachen viel Vornehmere mit herein; da konzipierten auch noch andere, da schrieb ein Tross von Schreibern. Aber zuletzt kam doch wieder alles an ihn heran, den Vertrauten des Herrn.

Seit acht Tagen hatte er keine vierundzwanzig Stunden geschlafen, heute den ganzen Tag über keinen Bissen zu sich genommen. Erschöpft war er vorhin vom Pferde gestiegen, willens, sich mit seiner Hausfrau zu Tische zu setzen. Da war's ihm den Nacken emporgekrochen und brennend ins Hinterhaupt gestiegen. Leidiges Kopfweh, das ihn so gar oft zur Unzeit befiel. Seufzend hatte er sich erhoben und war in seine Arbeitsstube gegangen, hatte, auf und ab schreitend, das Übel zu bezwingen gesucht und, den Meister erwartend, noch einmal mühsam überdacht, wie dessen Hilfe zu gewinnen wäre.

Und jetzt stand Tilmans hohe Gestalt in der Stube.

Mit ausgestreckten Händen ging ihm der Sekretarius entgegen. Aber der Künstler bohrte seine Fäuste in die Taschen und sagte störrisch: »Ihr habt mich befohlen?«

»Ich habe Euch gebeten!«, rief Lorenz Fries, trat zurück und griff an sein Herz.

»Auch recht –! Also, ich bin gekommen«, murrte Tilman. »Und was begehrt Ihr von mir?«

»Nicht so, guter Freund!«, bat Fries. »Tretet näher und setzt Euch.«

Tilman rührte sich nicht: »Hinter Euch steht Euer Bischof.«

»Mein und Euer Bischof, Meister Tilman. Mein und Euer Herr.«

»Ist ihm die Angst in die Knie gefahren?«

»Tilman –!«

»Soll ich ihm helfen, die Stadt knebeln?«

»Wenn Ihr so sprecht, sind wir am Ende, ehe wir begonnen haben.«

Der Ratsherr trat einen Schritt näher, so, wie am Vormittage Bermeter an ihn herangetreten war. Und mit heiserer Stimme, wie jener, sagte er: »Ist's recht, dass der Bischof schweres Geschütz in etliche Domherrnhöfe gebracht hat? Ist's recht, dass er einen Zug Reisiger im Katzenwicker verbirgt, dass er nur noch auf die anderen wartet? Was will er? Die gesamte Bürgerschaft in den Katzenwicker fordern – die Schafe in den Pferch sperren? Die Luken aufstoßen und die Geschütze zeigen? Die Reisigen aus den Ställen und Scheunen rufen und die Wehrlosen umzingeln? Fragen an uns richten und Antwort kriegen, wie er sie wünscht? Ist's recht das, hochmögender Herr Sekretarius? Und soll etwa gar ich ihm helfen dazu?«

Lorenz Fries war auf einen Stuhl gesunken: »Vergebt, ich werde heute wieder hart vom Kopfweh geplagt. Aber was Ihr da vorbringt, guter Freund« – er versuchte zu lachen –, »ist doch alles ganz närrisches Zeug.«

»Glaub's wohl, dass es Euch schwach geworden ist«, höhnte Riemenschneider. »Es ist nichts Geringes, wenn einem der Deckel von der Heimlichkeit gehoben wird.«

Und damit trat er vollends in den Lichtkreis der Ampel, griff in die Brusttasche seines Wamses und hielt dem anderen mit beiden Fäusten den Brief Bermeters unter die Augen.

Der Sekretarius beugte sich vor und starrte auf die schlecht beleuchtete Schrift.

»Wes ist die Schrift? Ist's meine oder Eure?«, rief der Ratsherr.

»Was soll das Papier?«, fragte der Magister zögernd.

»Wes ist die Schrift?«

»Gebt her!«

»Dass mich –!« Der Künstler versenkte den Brief in der Brusttasche. »Das böse Gewissen hat Euch verraten, Herr Magister. Den Brief habt Ihr selbsteigen an den Schwäbischen Bund geschrieben. Nur schade, dass ihn die Bauern aufgefangen haben, und jetzt habe ich ihn!«

Jählings fuhr Lorenz Fries empor: »Das lügt Ihr in Euern Hals! Wie könnt' ich etwas geschrieben haben, an das niemand bei Hofe denkt, am wenigsten der Bischof?«

»Es ist Eure Schrift!«

»Wäre nicht die erste, die ein kunstreicher Schreiber gefälscht hat. Tilman, Tilman, niemals habe ich solchen Unsinn geschrieben. Und wenn wir dieses oder jenes planten – ich sage *wenn* – glaubt Ihr, wir schrieben's auf ein Blatt Papier?«

»Es ist Eure Schrift, Ihr leugnet vergeblich.«

»Meister Tilman, verzeiht mir, aber Ihr seid der reine Tor, und ein Bösewicht hält Euch in seinen Klauen.« Wiederum sank der Magister auf seinen Stuhl. »Ich bitte Euch, kommt morgen in aller Frühe – nein, ich will zu Euch gehen, wie gar oft in alten Zeiten. Aber jetzt kann ich nicht mehr.«

»Ihr jammert mich, Magister; denn Ihr werdet von Eurem Gewissen gewürgt. Und hinter Euch steht – *er*!«

Mit einem Ruck fuhren seine Hände in die Seitentaschen seines Wamses, seine Rechte kam zurück und hielt dem Magister zwischen Daumen und Zeigefinger einen geschnitzten Kopf, so groß wie ein Apfel, entgegen: Niedrig die Stirne, bartlos das längliche Antlitz, klein der Mund, schmal die Lippen, kraftvoll das vorspringende Kinn.

»Des Bischofs Angesicht!«, rief Lorenz Fries. »Ein Kunstwerk! Aber was soll's?«

»Das *eine* Gesicht«, höhnte der Meister. »Zum ewigen Gedächtnis des frommen Bischofs für seinen Grabstein bestimmt. Steht er nicht also am Altar? Segnet er nicht also das Volk? Trägt er nicht also das Allerheiligste, ein demütiger Knecht Gottes?«

Und jetzt hob Tilman die Linke aus der Tasche und hielt dem Magister zwischen Daumen und Zeigefinger einen zweiten Kopf entgegen: »Seht hier, sein *anderes* Gesicht!«

»Schändlich!«, rief Lorenz Fries.

»Schändlich? Ei, ist er nicht wohlgetroffen, Euer Bischof?«, höhnte der Meister. »Seht doch die eingebissenen Lefzen und die listig halb geschlossenen Augen! So ist er vor mir gestanden, so hat er mich und meine Kunst geschmäht, so hat er mir mein Kleinod abgedrückt – und Ihr habt höfisch zum Unrecht geschwiegen. Und so sehe ich ihn seitdem vor mir Tag und Nacht, und neben ihm steht – Ihr.«

»Kein Mensch denkt heute mehr an Eure Statua«, brachte der Magister mühsam heraus. »Und das zweite Antlitz ist gelogen.«

»Und das zweite, Herr Magister, ist sein wahres Angesicht!«, rief Tilman. »Das eben ist des Künstlers göttliche Gabe, dass er mit sehenden Augen in den Gesichtern zu lesen vermag, dass sich ihm in seinen, für andere Menschen unsichtbaren Linien und Fältchen die Geheimnisse der Seele enthüllen. Und so ist er auch vor Euch gestanden und hat befohlen, die Reisigen in den Katzenwicker zu legen und den Brief an den Schwäbischen Bund zu schreiben.«

Er wandte sich und fragte halb rückwärts über die Schulter: »Begehrt Ihr sonst noch etwas?«

»Den Brief!«, stöhnte Fries. »Und nennt mir den Erzbösewicht!«

»Den Bösewicht hab ich genannt. Und den Brief? Jawohl, dass mich –!«

Tilman Riemenschneider ging aus der Stube.

6.

Sehr befriedigt strebte der Meister auf weiten Umwegen durch stille Gassen seiner Behausung zu. Ein lang genährter Groll hatte sich entladen; auf ungewöhnliche Weise, in einem scharfen Künstlerwitz. Tilman Riemenschneider war eitel auf diesen Witz. Vor allem aber tat er sich etwas zugute auf seine durchdringende Menschenkenntnis. –

Magister Lorenz Fries ging stöhnend in seiner Stube auf und ab und versuchte zu überdenken, was er gehört, was er geantwortet und – was er unter dem Druck des tobenden Kopfwehs nicht geantwortet hatte. Er überschlug auch die Gefahr, die sich aus der Feindschaft des Ratsherrn ergab, und erkannte sie als eine sehr große. –

Tilman gelangte in sein Haus und tappte die dunkle Stiege empor.

Aus einer Ritze seiner Stubentüre drang Lichtschein, und als er öffnete, saß Bille mit aufgestützten Armen bei der brennenden Kerze und las.

Sie erhob sich und lächelte dem Paten mit hellen Augen entgegen, kam ein paar Schritte heran und streckte ihm die Patschhand hin.

Der Meister übersah die Hand und fragte in strengem Ton: »Bille, was tust du so spät noch auf der Gasse?«

»Ich –?« Ihr Arm sank schlaff herab. »Was hätt' ich nachts auf der Gasse zu suchen? Ich tät' mich doch fürchten!«

»Bille – du bist vor einer Stunde mitten im Volke unter der Linde gestanden und hast – aber, Bille, besinne dich doch!«

»Ich –?« Sie sah ihn mit einem rührenden Blick an, sie neigte das Köpflein und stand wie eine geknickte Blume, schlug die Hände vors Gesicht und schluchzte laut auf: »O Unglück – Ihr habt eine andere für mich gehalten.«

»Bille!« Der Meister zog ihr die Hände vom Gesicht und hob ihren Kopf am Kinne empor. Die großen Kinderaugen schwammen in Tränen, zwei Bächlein rannen über ihre Wangen, das Böglein ihrer feinen Lippen zuckte schmerzlich.

»Wo warst du denn?«

»Daheim. Und vor einer halben Stunde bin ich aus unserer Haustüre geschlüpft, Euch Gute Nacht zu sagen. Es ist schrecklich, dass Ihr mir's nicht glauben wollt.«

Des Meisters Zorn zerschmolz wie Wachs an der Sonne. Noch einmal sah er forschend in das schöne, tiefbekümmerte Antlitz. Dann wandte er sich ab und sagte leise: »So habe ich mich geirrt.«

Jawohl, das eben ist des Künstlers göttliche Gabe, dass er mit sehenden Augen in den Gesichtern zu lesen vermag, dass sich ihm in feinen und für andere Leute unsichtbaren Linien und Fältchen die Geheimnisse jeglicher Seele enthüllen.

Des Meisters Schwiegertochter rannte die knarrende Stiege empor und riss die Stubentüre auf: »Herr Vater, sie kommen die Gass' herein, alles ist schwarz von Leuten. Euch gilt's!«

Tilman ging ans Fenster und öffnete es.

Kopf an Kopf brandete das Volk in die enge Gasse. Windlichter glühten in dem Gedränge.

Jetzt hatte einer den Meister im Fensterrahmen erspäht, und eine Stimme rief: »Vivat der Ratsherr Tilman Riemenschneider, ein Freund des gemeinen Mannes und aller armen Leute in der Stadt und auf dem Land!«

Und »Vivat, vivat!«, brauste es zum Fenster empor.

Tilman beugte sich weit hinaus und winkte.

»Ruhe, Ruhe!«, schrien sie. »Der Tilman Riemenschneider will reden.«

Und als Ruhe geworden war, begann der Ratsherr mit schallender Stimme: »Mitbürger, es ist eine böse, geschwinde Zeit. In dieser Zeit gehört alles, was Bürger heißt in der Stadt Würzburg, zusammen. Denn es ist nicht recht, dass der Mensch seines Blutes und Schweißes also beraubt und ausgesogen wird, und dasselbe so lästerlich von müßig gehendem Volke verzehrt wird.«

»Vivat, vivat!«, schrie da einer und dort einer. »Schlagt tot, schlagt tot!«, brüllten andere. Und wie vordem unter der Linde, so ertönten auch jetzt von allen Seiten gellende Pfiffe.

»Ruhe, Ruhe!«, schrien wieder andere, und der Meister fuhr fort: »Dass ich mich immer zu euch halten werde, darauf dürft ihr euch verlassen. Bei mir gilt alles gleich: Unedel, Arm und Gering wie Edel und Reich. Als Adam hackte und Eva spann, wo war da Bauer und Edelmann?«

»Vivat, vivat!«

»Aber es ist nicht gut reden von diesen Dingen auf offener Gasse, und der gemeine Mann muss denen vertrauen, die ihn führen wollen zu seinem Besten. Des aber könnt ihr sicher sein, dass ihr nicht ausziehen müsst gegen die frommen Bauern. Alsdann wird es auch gut sein, wenn wir kein fremdes bischöfliches Kriegsvolk einlassen.«

»Vivat, vivat!«

»Friedlich – schiedlich. Dort oben der Bischof, da unten wir Bürger!«

»Schlagt tot!«, grölte einer. »Schlagt tot, schlagt tot!«, schrie es von allen Seiten, und aus der Tiefe der Gasse gellten wieder die Pfiffe darein.

Als der Meister zu Wort kam, rief er: »O nein, nicht totschlagen, ihr lieben Leute! Es geht auch ohne Blutvergießen. Friedlich, schiedlich. Die Tore verrammeln, die Mauern besetzen! Hier unten wir, droben der Bischof. Und also Gut' Nacht, allesamt und ein jeder besonders. Lasst uns zur Ruhe gehen und immer bereit sein! Aber den bösen Buben, die plündern wollen, leget das Handwerk!«

Er winkte noch einmal, und die Menge kam unter Vivatrufen in Bewegung.

Hoch aufatmend trat er in die Stube zurück. –

Am Tische lehnte Bille. Das Licht der Kerze spielte von rückwärts in ihrem krausen Haar. Sie hatte die Hände unter der Brust gefaltet

und sagte langsam: »Habt Ihr den Bermeter gesehen? Er hat sie geführt.
– O Herr Pate, was seid Ihr doch für ein glückseliger Mann.«
Damit ging sie leise aus der Türe.

Meister Tilman Riemenschneider war auch davon überzeugt, dass er
ein glückseliger Mann sei. Noch nicht lange, nein, erst seit vorhin. Zwar
hatte der gemeine Mann auch diesmal wieder gerölt und geschrien,
und gellende Pfiffe hatten in der engen Gasse die Luft durchschnitten
wie dort unter der Linde. Aber das alles hatte den Künstler jetzt keineswegs mehr feindlich berührt. Ein Hochgefühl dehnte seine Brust. Er
sah sich vor seiner eigentlichen Lebensaufgabe. Er hatte seinen wahren
Beruf erkannt: dem gemeinen Manne zu helfen und dem Evangelium
Bahn zu brechen in der wunderschönen Stadt Würzburg. Was verschlug
es, wenn dazu etliche auf ihre Weise Beifall grölten und pfiffen?
Und in diesem Glauben legte er sich zur Ruhe, zog die Bettdecke
über seine Schultern herauf bis unter das Kinn und spann im Schlafe
weiter an seinem Traum.

Es war lange nach Mitternacht. Jörg Riemenschneider, des Meisters
Stiefsohn und – seltsamerweise – Träger seines Namens, lag mit seinem
Weibe in der Kammer zu ebener Erde im Himmelbett und schnarchte
vernehmlich. Sie aber warf sich unter ihrer Decke hin und her und
konnte den Schlaf nicht finden.
»Jörg –!«
Ein unwilliges Grunzen kam als Antwort zurück.
»Jörg –!«
»Was willst denn?«
»Es ist mir so angst.«
Er stemmte die Ellbogen und richtete sich ein wenig empor. »Ja, was
ist denn los, was hast denn?«
»Unser Vater spielt um seinen Kopf.«
»Da kann doch unsereiner nix dran mach?«, murmelte er halbwach.
»Da bist du gleich fertig und gibst mir eine kurze Antwort«, klagte
sie. »So sagst, wenn er monatelang nix arbeitet. So sagst, wenn keiner
mehr den kleinsten Bildstock bestellt. So sagst, wenn du einem Knecht
nach dem andern Feierabend bieten musst. Und jetzt, wenn ich sag,

der Vater spielt um seinen Kopf, dann weißt du auch kein' anderen Trost.«

»Ach was, in der Nacht schläft man«, kam die Antwort. »Morgen ist auch noch ein Tag. Und der Vater ist ja ein reicher Mann, hat Äcker und Weingärten, hat Geld auf Zinsen stehen. Wenn nichts mehr verdient wird, zehren wir halt eine Zeit lang von seinem Speck.«

»Wenn sie ihm nur nicht zuletzt auch noch sein' Speck auslassen«, kam es weinerlich aus dem Nachbarkissen zurück.

»Ach was!«, murrte er. »Schlaf, das ist gescheiter!«

Und damit streckte er den Arm durch die Finsternis und tastete nach dem Mostkrug in der Mauernische, setzte sich ganz auf und sog in tiefen Zügen das Labsal aus dem kühlen Stein – den Lethetrunk jedes ehrbaren Würzburgers. Und nach kurzer Frist hallten die Wände von seinem behaglichen Schnarchen.

Sie aber lag noch lange Zeit mit brennenden Augen und sann darüber nach, wie doch ein alter Mann und reicher Bürger, ein weitberühmter Künstler, ein kluger, friedliebender Mensch so unsinnig spielen mochte um Kopf und Ehre.

7.

Stinkende Luft lastete auf der Ratsversammlung im weiten, hochgewölbten Wenzelsaale, von dessen Wänden ringsumher die gemalten Wappen alter Stadtgeschlechter herableuchteten.

Es war eine seltsame, unerhörte Sitzung: Drunten auf dem Platze zwischen dem Stadthause und der Linde stand Kopf an Kopf wie gestern Nacht die Bürgerschaft, und droben berieten die Ehrbaren und Weisen. Aber sie berieten keineswegs unabhängig, in ihren vier Wänden bedächtig erwägend. Denn durch die geschlossenen Fenster drang das aufgeregte Gemurmel derer da drunten und sprach vernehmlich herein in ihre Versammlung.

Geraume Zeit schon hatten sie gegeneinander geredet, und die Meinungen entsprachen der Anzahl der Köpfe. So ziemlich alle Redner schwankten hin und her zwischen der augenblicklichen Angst vor dem gemeinen Mann und der angestammten Furcht vor dem Herrn auf dem Frauenberge. Aber der gemeine Mann stand jetzt entschieden näher als der Fürst da droben, dessen Abgesandte in einem entlegenen Gemache auf die Entschließung der Stadtväter warteten. Und neben der angestammten Furcht vor dem da droben und neben der Angst vor dem gemeinen Manne spielte noch etwas ganz anderes, etwas, von dem die Geschlechterwappen rings an den Wölbungen des Saales in brennenden Farben lautlos erzählten; und in der Furcht vor dem Bischof gärte heimlich gerade in den Vornehmsten, in den Abkömmlingen jener ältesten Geschlechter ein aus dem Blute zahlloser Zeugen genährter, durch die Jahrhunderte vererbter Hass – nicht gegen den Bischof, nicht gegen Krummstab und Mitra, sondern gegen den Landesherrn, gegen den Inhaber der weltlichen Macht, die in langen Kämpfen nach ihrer Meinung den Vätern ein Stück um das andere von alter Freiheit und Herrlichkeit weggerissen, die Stadt aus einer – vielleicht nur erträumten – Höhe zur Fürstenstadt herabgedrückt hatte. –

Der Ratsherr Tilman Riemenschneider war die ganze Zeit her still auf seinem Platze nahe dem großen Erkerfenster gesessen. Nur seine leuchtenden Augen hatten sich auf jeden der Redner gerichtet, und dann und wann hatte ein überlegenes Lächeln seinen, von all diesem Gerede abweichenden Standpunkt zum Ausdrucke gebracht.

Altererbtes Bürgerbewusstsein lebte nicht in ihm. Er war der vor Zeiten Zugewanderte aus Osterode am Harz, und mit den Märtyrern Altwürzburger Freiheitskämpfe verband ihn keine Blutsgemeinschaft. Gerade deshalb aber stand er auch hoch über all diesen, die da hin und wider redeten. Die trafen ja gar nicht die Not der Zeit. Jetzt war es an ihm, den Mund aufzutun für die Sache der Bedrückten in der Stadt und auf dem flachen Lande. Er bat ums Wort.

In diesem Augenblick öffnete einer die Saaltüre, glitt an der Wand hin, sprang in den Erker, sprang in das andere, das dritte Fenster, riss alle auf und schrie mit gellender Stimme auf den Platz hinunter: »Seid still, der Ratsherr Tilman Riemenschneider spricht!«

Der Erste Bürgermeister war von seinem Sitze aufgefahren und rief: »Unerhörte Frechheit – was will der Bürger?«

Bermeter wandte sich in der letzten Fensternische und antwortete mit weithin schallender Stimme: »Der gemeine Mann hat ein Recht, zu hören, was hier oben verhandelt wird. Wer es wagt, der gehe her und schließe die Fenster!« Dann wandte er sich wieder gegen die drunten und schrie: »Wollt ihr hören, was unser Tilman Riemenschneider spricht?«

Hundertstimmiges Geschrei antwortete von unten herauf, und der Erste Bürgermeister sank schreckensbleich auf seinen Sitz zurück.

Und nun begann der Bildschnitzer, indes Bermeter mit unhörbaren Katzenschritten an den offenen Fenstern hinstrich. Und es war nicht zu verkennen, dass der Redner seine Stimme aufs Äußerste anstrengte und mehr gegen die offenen Fenster als in den Saal hinein sprach.

Es war eine damals ganz ungewöhnliche Rede, es war eine Rede nach dem Herzen des gemeinen Mannes: Alle Not kam von der großen Ungleichheit, und wenn die Gleichheit hergestellt wurde, dann war auch alle Not zu Ende, und es begann ein Leben, wie es einst Adam und Eva im Paradiese geführt hatten – ohne die Schlange und in prächtigen Kleidern. Und jetzt galt es nur noch, die Wenigen, die sich gegen das Neue stemmten, zu überzeugen. Womöglich ganz ohne Blutvergießen. Und das musste gelingen, wenn die hunderttausend Bauern vor Unser lieben Frauen Berg zogen und die Bürger mit ihnen Bruderschaft schlossen. Er, Tilman Riemenschneider, sei der festen Ansicht, dass es letzten Endes gar keines Schusses, gar keines Schwertstreiches bedürfe, die wenigen Halsstarrigen von der Wahrheit zu überzeugen. Denn im Grunde seien alle Menschen von Natur gut, und das, was uns an unseren Nächsten nicht gefalle, sei nur eine Folge der Ungleichheit und der Armut.

Die Ehrbaren und Fürsichtigen im Saale verstanden jedes Wort des Mannes, dessen Antlitz leuchtete wie das Antlitz Moses', als er vom Sinai herabstieg zu den Juden, die um das goldene Kalb tanzten. Aber trotzdem enthielt seine Rede viel des Unverständlichen für ihre schlichten Gemüter. Der gemeine Mann vor dem Rathaus unter der Linde verstand allerdings nur abgerissene Sätze. Aber was er verstand, ging ihm süß ein, und im Übrigen wusste er ja, dass der gute Bildschnitzer da droben seine Sache vertrat, und Bermeter versäumte nicht, sobald sein Meister nach einem besonders kraftvollen Satze Atem schöpfte, mit Winken und Rufen tosendes Beifallsgeschrei aus seinen Anhängern zu locken.

Es war zu erkennen, dass Tilman den Faden seiner schönen Rede nahezu abgesponnen hatte. Da verzerrte ein höhnisches Lächeln Bermeters Gesicht. Mit ein paar unhörbaren Schritten trat er neben den Ratsherrn und raunte zornig:

»Den Brief! Den Brief!«

Und als wäre der Bildschnitzer ein von Bubenhand gepeitschter Kreisel, stürzte er sich aus den Höhen allgemein menschlicher Betrachtungen mitten in die Frage, von der alle Gemüter erfüllt waren, und brachte sie nach wenigen Augenblicken zur Entscheidung. Er bezichtigte den Bischof, dass er Gewappnete und Geschütze in der Stadt verborgen halte und dass er in dieser Stunde noch viel mehr Reisige heranführe. Er beschuldigte ihn des Verrates an der gesamten Bürgerschaft. Und als die Ratsherren mit zornbebenden und angstverzerrten Gesichtern aufsprangen und von allen Seiten Rufe nach Beweisen laut wurden, da rief Tilman, dass es über allen Tumult hingellte: »Hier habt ihr den Beweis!«, und damit zog er den Brief aus der Brusttasche und warf ihn auf den Tisch.

Jetzt widerhallten die Wände des Saales vom Geschrei der empörten Stadtväter, und von Hand zu Hand ging der Brief.

Bermeter hatte sich aus der Versammlung gedrückt. Sein Werk da droben war getan. Wie eine Schlange glitt er kreuz und quer durch die Menge vor dem Stadthause und zischte dahin und dorthin, dass alles nach Wunsch verlaufe. Langsam entleerte sich der Platz, und bis in die entlegensten Gässlein drang das Gerücht: Der Bischof hat die Stadt verraten wollen, aber der Riemenschneider hat's aufgedeckt.

Es war ein vergebliches Unterfangen, dass sich einer der Ratsherren, ein weitgereister Handelsmann, das Wort erbat und die Frage stellte, ob denn das Schreiben auf seine Echtheit geprüft sei und ob man nicht die Abgesandten des Bischofs schnurstracks zur Rede stellen sollte. Denn es sei doch ein gefährlich Unterfangen, mit dem angestammten Herrn zu brechen und alle Hoffnung auf die fremden Empörer zu setzen. Der Vielerfahrene wurde niedergeschrien. Für alle Angst, die man vor der Volksmenge da drunten durchgemacht hatte, hielt man sich nun schadlos durch ungefährliches Toben gegen den Bischof. Es wurde die Losung ausgegeben: Heimlichkeit gegen Heimlichkeit. Und nach einer Stunde ritten die Abgesandten des Bischofs zurück auf den Liebfrauenberg und brachten nichts als zweideutige, hinterhältige Worte.

Als aber Tilman das Stadthaus verließ, drang eine Rotte Männer von der Linde heran, umringte ihn, und kraftvolle Arme hoben den sich

Sträubenden auf breite Schultern. Und also ritt der Bildschnitzer unter dem Jubel des von allen Seiten herbeiströmenden Volkes, aber auch unter unsäglichen Beschwerden über den Sternplatz durch die Sterngasse zu seiner Behausung.

8.

Im Laufe des Nachmittages kamen Späher des Bischofs mit der Nachricht ins Schloss, dass die Tore der Stadt verwahrt und besetzt seien, dass man allenthalben die morschgewordenen Schranken und Riegel durch neue ersetze, die wichtigsten Zufahrtsgassen mit eisernen Ketten versperre, jenseits des Maines gegen Sankt Burkhard den Einritt in den Main verplanke und alle Wege vom Frauenberg zur Stadt mit neuen, starken Riegeln und Ketten verwahre.

So blieb kein Zweifel: Die ungetreue Stadt schloss sich ab gegen ihren Herrn.

Nun griff Lorenz Fries zu einem letzten Mittel, den Ratsherrn Tilman Riemenschneider doch noch umzustimmen und auf einen anderen Weg zu bringen. –

In tiefer Dämmerung lag die Stadt. Da machte sich ein greiser Priester aus seiner Behausung auf und strebte dem Wolfmannszichlein zu. Denn er wollte sein altes Beichtkind besuchen.

Er wunderte sich über die vielen Leute auf den Plätzen und in den Gassen. Denn er war seit einigen Tagen nicht aus seinen vier Wänden gekommen, und die Fenster seines Stübleins gingen, abseits vom Weltgetriebe, auf stille Gärten hinaus. Trotzdem wusste er aber gar wohl, um was es sich handelte in der Stadt Würzburg, und besaß eine klare Vorstellung davon, was ihm zu tun oblag. –

Tilmans Schwiegertochter hatte soeben ihrem Manne gesagt, er solle doch für diese Nacht auch den zweiten Verschluss vor die Haustüre schieben, und Jörg schickte sich an, den schweren Balken einzulegen.

Da kam es schreiend und johlend die Gasse herauf.

»O du Heilige Jungfrau!«, klagte das Weib. »Man kommt schon gar nimmer aus der Angst. Kannst du's verstehen, was sie schreien?« Sie schob ihren Mann von der Türe, öffnete den Ausguck und spähte auf die Gasse hinaus.

Jetzt war es deutlich zu vernehmen: »Ein Pfaff! Schlagt tot! Schlagt tot!« Und näher kam es: »Schlagt tot! Schlagt tot!«

Hundert Schuhe rauschten heran.

Da ertönte vor Tilmans Hause über alles Schreien und Johlen eine gewaltige Stimme, die den ganzen Haufen zum Stehen brachte: »Ihr Stickel, ihr grobe, ihr, was wollt ihr denn – he? Seht ihr's denn nit, wer das ist? Das ist doch der Herr Domvikar; den kennt doch jedes Kind in der Stadt. Was hat euch denn der andächtige Herr zuleid getan? Wo wollt Ihr denn hin, andächtiger Herr? Den Meister Tilman wollt Ihr besuch'? Ei, da seid Ihr ja schon. Auf da drinnen! – Ihr Läushämmel aber, ihr dreckige, ihr, macht, dass ihr weiterkommt oder ich zeig' euch mein' großen Spazierstock!«

Jörg Riemenschneider öffnete die Türe, sein Weib hielt die Kerze hoch, und, gestützt auf einen vierschrötigen Mann, wankte der Vikar über die Schwelle.

»Es ist Sünd' und Schand', wie sich die Buben an so einem Priester vergeh'!«, keuchte der Bürger. Jörg Riemenschneider aber legte den Balken vor.

Der Bürger konnte sich gar nicht beruhigen: »Andächtiger Herr, sie haben Euch halt nit gekannt. Haben Euch gewiss nur für einen Domherrn angeguckt. No, jetzt seid Ihr ihnen ja aus den Händen. Und ich setz' mich da in die Stube und wart', bis Ihr ausgered't habt. Denn wenn's der Herr annehmen tät, möcht' ich ihn nachher heimbegleit', damit er keine Unannehmlichkeiten kriegt.«

Mit hocherhobener Kerze kam Tilman Riemenschneider die Stiege herab.

Der Priester lehnte an der Wand und atmete schwer. Dennoch versuchte er zu scherzen: »Meister, ich bin mit großem Gefolge zu Euch gekommen, und es war mir zumute wie dem heiligen Stephanus, als sie ihn zum Steinigen hinausstießen. Nur dass der heilige Stephanus halt ein Heiliger gewesen ist, und ich bin nur ein armer, sündiger Mensch.«

»Ich sag's ja, es ist Sünd' und Schand'!«, rief der Bürger. Tilman aber befahl mit rauer Stimme: »Auf!«

Zum zweiten Male öffnete sein Sohn die Haustüre.

Tilman trat auf die Gasse. Aber die Gasse war leer.

Der Ekel schüttelte ihn.

Sorgsam griff er dem alten Mann unter den Arm und führte ihn die Stiege empor.

Der Priester saß zusammengesunken am schweren Eichentisch und nippte von Zeit zu Zeit an einem silbernen Becher. Still brannte die Kerze auf dem Leuchter.

Gegenüber saß Herr Tilman aufrecht und machte ein strenges, abweisendes Gesicht.

Der Priester hatte längst gesehen, dass seine Sendung gescheitert war.

Fast fünfzig Jahre des Priestertums lagen hinter ihm, keine Regung der menschlichen Seele war ihm fremd geblieben in dieser langen Zeit, und das menschliche Antlitz war ihm wohlvertraut als der untrügliche Spiegel dessen, was die Seele bewegt. Von solchen Spiegeln zu lesen war ihm zur Gewohnheit geworden, und in dieser Kunst war er dem kunstfertigen Tilman weit überlegen.

Jawohl, seine Sendung war gescheitert.

Sein Beichtkind würde auf dem selbstgewählten Wege fortschreiten, und der Bischof musste sehen, wie er ohne den Beistand der Stadt zurechtkam.

Eigentlich hätte er nun gehen können. Aber es war auf dem Antlitze seines alten Beichtkindes doch noch etwas zu lesen, was den Priester zum Bleiben bewog.

Vorsichtig, gleichsam tastend begann er: »Mich jammert des Volkes.«

»Das ist's eben, warum ich mich ihm verschrieben habe mit Leib und Seele!«, rief Tilman. »Und ich dächte, alle Wohlgesinnten sollten sich zusammentun und mit vereinten Kräften die Ungleichheit aus der Welt schaffen.«

»Die Ungleichheit aus der Welt schaffen –?«, fragte der Greis gedehnt, und seine schmalen Lippen kräuselten sich zum ersten Mal an diesem Abende zu einem Lächeln. »Ei, wenn Ihr das vermögt, da tue ich mit.«

»Nun also, helft!«, sagte Tilman, faltete die Hände und neigte sich herüber.

»Wenn Ihr das vermögt, tue ich mit«, wiederholte der Priester; »darüber habe ich schon oft nachgedacht und bin zu keinem Ende gekommen. So ist es mir zum Beispiel, im Vertrauen gesagt, schon längst ganz ärgerlich, dass Ihr die Mutter Gottes schnitzen könnt und ich keinen Kochlöffel.«

Zornig rief Tilman Riemenschneider: »Ich meine doch nicht solche Ungleichheiten!«

»Solche nicht? Also andere?«, erkundigte sich der Priester. »Und wo laufen die Grenzen zwischen den einen und den anderen, wenn die Frage erlaubt ist?«

Tilman rückte auf seinem Sitze hin und her: »Ich dächte, wenn mich einer verstehen kann, wie ich's meine, dann seid Ihr's, andächtiger Herr. Ein ganzes Leben lang habt Ihr nichts anderes gefragt, als nur das eine: Wie helfe ich dem Volk? Und Eure letzten Bissen habt Ihr mit den Armen geteilt, wenn es nottat.«

Der Priester hob die schmale, welke Hand und wehrte lächelnd ab.

»Ihr, einer von den vielen kärglich besoldeten geistlichen Knechten der Nichtstuer und Prasser in den Domherrnhöfen –!«

Der Priester lächelte noch immer: »Ich habe noch nie einen Nichtstuer und Prasser beneidet.«

»Ihr, einer von den Wenigen, denen wir's danken, dass das heilige Evangelium noch nicht ganz in Sumpf und Boden gegangen ist in der Stadt Würzburg.«

»Ich verstehe Euch, Meister, Ihr wollt sagen: Wenn sich Menschen wider ihre Oberen erheben, dann ist immer Schuld vorhanden«, unterbrach ihn der Priester.

»Schwere Schuld, unerträgliche Last!«, rief Tilman.

»Schwere Verschuldung auf beiden Seiten wider die göttliche Ordnung«, sagte der Priester.

»So habe ich's nicht gemeint, Ehrwürdiger! Schwere Schuld auf der einen, unerträgliche Last auf der anderen Seite.«

Unbeirrt fuhr der Priester fort: »Auf beiden Seiten schwere Schuld. Die Gottheit aber hält die Waage mit den schwankenden Schalen, bis die Schalen gleich und stille stehen und das Wort erfüllt ist: ›Die Rache ist mein, ich will vergelten, spricht der Herr.‹ Denn es ist wahr und muss wahr bleiben und wird der Menschheit immer wieder gepredigt in sanftem Säuseln, in brausenden Stürmen, mit Blut, mit Tränen:

Die kleinen Ordnungen vergehen
Im Strom der Zeit –

Die große Ordnung bleibt bestehen
In Ewigkeit.«

Der Priester hatte sich erhoben und stand nun genau da, wo vor ein paar Monaten die mächtige Gestalt des Bischofs gestanden war. Ein dürstiger Greis, nahe der Grenze, die allem Fleische gezogen ist. Aber seine Gestalt stand an diesem Ort wie eines wahren Bischofs Gestalt, und seine schwache Stimme klang, als käme sie von jenseits der Grenze herüber, hinein in diese Welt des Irrtums, der Verworrenheit: »Mich jammert des Volkes auf beiden Seiten, und wie so gerne möchte ich ihnen verkünden, was zu ihrem Frieden dient! Und Ihr, Herr Tilman, jammert mich doppelt und dreifach; denn Euch hat die Gottheit tief in die Augen geleuchtet ein Leben lang, und dennoch will sich Euer Weg in Finsternis verlieren.«

»Weil ich mich der Unterdrückten annehme?«, fuhr Tilman auf.

»Ich denke nicht mehr daran«, sagte der Priester mit Gelassenheit. »Ich denke über die große Sintflut hinüber, die kommen muss, und denke jetzt nur an Euch, ob Ihr Euer Schifflein in den Port retten oder ob Ihr im Strudel versinken werdet. O dass Ihr Euch aufmachtet, zu suchen, solang es noch Tag ist! O dass an Euch wahr würde ein Wort unseres Erlösers, das uns nicht die heiligen Evangelien überliefert haben, sondern der Kirchenvater Eusebius:

›Nicht wird Ruhe haben, der sucht, bis dass er finde. Und wenn er gefunden hat, wird er staunen. Und wenn er gestaunt hat, wird er zur Herrschaft kommen. Und wenn er zur Herrschaft gekommen ist, wird er ausruhen.‹«

Tilman Riemenschneider schüttelte verständnislos das Haupt. Es war ihm, als hätte wieder einer in fremder Zunge gesprochen, wie damals; denn seine Ohren waren verstopft und seine Augen gehalten.

Am nächsten Abend gellte die Glocke durch das Haus zum Wolfmannszichlein, und als man öffnete, flog ein Brief herein.

Herr Tilman erbrach das Siegel und erkannte die unverfälschte Schrift des Lorenz Fries, obgleich die Unterschrift fehlte. Und er las die schöngeschriebenen Worte:

»Es war einmal zu Bischof Johanns Zeiten ein Bürger in Würzburg mit Namen Hans Bausback. Der nahm sich der Händel zwischen Stadt und Bischof in seiner Art an, erdichtete Briefe im Namen anderer, ließ sie wie von ungefähr aus der Tasche fallen oder steckte sie dahin und dorthin, hoffte dadurch Aufruhr des gemeinen Mannes zu stiften. Aber einmal wurde er auf frischer Tat ergriffen, peinlich gefragt und nach abgelegtem Bekenntnis, dass ihm ein anderer zu dieser Büberei geraten und geholfen habe, geschleift, geviertelt und an allen vier Toren aufgehangen. Das hat sich vor einhundertfünfzig Jahren begeben. Wer Ohren hat zu hören, der höre!« –

Die Leute jener Zeit pflegten zuweilen sehr deutsch miteinander zu reden. Und Tilman Riemenschneider verstand den Sinn dieser Worte besser als den dunklen Spruch aus dem Kirchenvater Eusebius.

Aber diesmal wandte er geflissentlich die Augen ab und verstopfte sich selber die Ohren.

9.

Ein Tag wuchs aus dem anderen, der nächste immer leuchtender als der letzte, der gestern verglüht war. Die lauen Lüfte waren erfüllt vom Dufte der Blüten und vom liebestrunkenen Singsang der Vögel. Im Glanze der flimmernden Sterne schlugen die Nachtigallen in den weitgedehnten Gärten zwischen den Ringmauern der Stadt, schlugen hoch empor an den Hängen der Hügel. Schwellend weich dehnte sich der Rasen, den die Mutter Natur mit erhabenem Lächeln ausgebreitet hatte, das Tal, den Strom entlang; und der grüne Rasen wartete lind und weich derer, die sich wein- und siegestrunken von Sonnenaufgang und Sonnenuntergang hereinwälzten gegen den Berg der lieben Frau, ein dunkles Schicksal zu erfüllen.

Immer kleiner und enger wurde das Bistum, über das Herr Konrad gebot. Ein Dorf nach dem anderen, eine Stadt nach der anderen öffnete sich den Bauern, und allerorten schwelte der Rauch über den Trümmern der Burgen und Klöster. Es war zur grausigen Wahrheit geworden, was der Bischof damals am hellen Mittag im Gesichte geschaut hatte. Und wenn er jetzt aus dem Fenster seiner Stube blickte, dann reichte die Macht seines Krummstabes nicht mehr weiter als den Berg hinab, an die Mauern der Stadt.

Und er stand wieder in der tiefen Fensternische wie damals und sah hinunter auf das Gewirre der Giebel und Türme. Und wie damals stand der Magister in der Mitte der Stube. Aber beide, der Fürst und der Staatsmann, waren heute nicht in den Gewändern des Alltags, sondern gestiefelt und gespornt und zu einer weiten Reise gerüstet.

»Die Pferde sind gesattelt, bischöfliche Gnaden«, sagte Fries zum zweiten Male und presste zornig die Finger in die Lederkappe, die er in beiden Händen hielt.

Der Bischof schwieg und starrte hinunter in den Lustgarten, wo die zahllosen Stümpfe der Fruchtbäume von einstmals blinkten – der Fruchtbäume, die der Sicherheit der Festung zum Opfer gefallen waren.

Nach langer Zeit sagte Fries zum dritten Male: »Die Pferde sind gesattelt, bischöfliche Gnaden.«

Der Fürst stampfte, dass die Sporen klirrten: »Es ist noch immer sehr die Frage, ob wir reiten!«

»Halten zu Gnaden, es kann gar keine Frage mehr sein, ob wir reiten«, sagte der Staatsmann.

Ein tiefer Seufzer kam aus der Fensternische. »Und wenn wir reiten, dann werden die Leute sagen: ›Seht den Feigling. Jetzt hat er alle, die zu Rotenfels, Homburg, Karlburg und Werneck in Besatzung lagen, auf den Frauenberg erfordert, alle seine Edeln und Ritter aufgeboten und in die Feste gelegt –‹«

»Weil er den Bock zu weit in den Garten gelassen hatte –!«, wagte der Staatsmann dem Bischof ins Wort zu fallen.

Der maß ihn mit einem finsteren Blick von oben bis unten. Dann fuhr er fort: »Einerlei, warum! Jetzt sind sie da, und jetzt schleicht er sich wie der Fuchs aus dem Bau, befiehlt seine Getreuen dem Schutz der Heiligen Jungfrau und sucht sein Heil in der Flucht.«

Lorenz Fries trat mit ein paar Schritten hart an den Antritt der Fensternische, und seine Stimme bebte in tiefer Erregung: »Halten zu Gnaden, wenn ich mich unterfange zu widersprechen. Es ist nicht der Entschluss des Fürsten allein, wenn er den Frauenberg verlässt und in eigener Person Hilfe sucht, die nur er noch finden und herbeiführen kann. Es ist der einmütige Beschluss der Edlen, Ritter und Gelehrten in der Besatzung, und jeder von uns ist Zeuge vor aller Welt, dass Eure bischöfliche Gnaden erst auf den Rat Ihrer Getreuen diesen Entschluss gefasst hat.«

»Um meinetwillen haben die Grafen, Herren, Ritter und Knechte Weib und Kind, Haus und Hof verlassen und sind in diese Feste gekommen, und ich soll schmählich entfliehen?«, rief der Bischof und rang die Hände.

»Um des Bistums willen und gebunden durch ihren Lehnseid sind sie heroben, bischöfliche Gnaden. Und schmählich entfliehen? Ei, gnädiger Herr –!« Nun ging ein stolzes Lächeln über das Antlitz des Getreuen. »Ich schätze, es wird sich manch ein Rebell den Grind an diesen Mauern einstoßen, und manch einer wird in den Gräben da drunten verziefen. Aber in die Feste wird kein Bauer und kein Bürger den Fuß setzen, es sei denn mit Händen auf dem Rücken gebunden. Und nun frage ich: Was ist ehrenvoller für Euch, hinter diesen festen Mauern zu bleiben, am Altar zu liegen, zu den Heiligen um Hilfe zu rufen – oder aber das Pferd zu besteigen, mit einer Handvoll Getreuer ins unsichere Land hinaus zu reiten, alle Gefahren für nichts zu achten und Hilfe zu holen, wo sie sich bietet? Die Pferde sind gesattelt, bischöfliche Gnaden. Der Tag neigt sich dem Abend entgegen – ich bitte um den Befehl zum Aufbruch.«

Der Bischof wandte sich ab und stützte sich schwer auf den Steinsims. Und nach langer Zeit quoll ihm die Klage aus tiefer Brust, als stünde er allein im Fenster: »O Würzburg, Würzburg! Nun habe ich alles getan, was zum Frieden führen konnte zwischen mir und dir. Du hast das Evangelium verlangt, ich habe dir's versprochen. Du hast einen Landtag gefordert, ich habe ihn dir und allen anderen Städten und Märkten gewährt. Ich bin selbst hinabgeritten, die Zeile deiner Gewappneten entlang, ohne Rücksicht auf mein Leben. Du hast mir sicheres Geleit gehalten – gewiss –, aber du hast mit mir verhandelt als mit einem, dem die Macht aus den Fingern geglitten ist. Du hast – o Schmach! – von mir verlangt, dass ich auch noch die rebellischen Bauern zum Landtag lade. Unerhörtes Begehren! Aber ich habe mich gefügt, und die trotzigen Bauern haben mir's mit Hohn und Spott bezahlt und mich einen Feind des Evangeliums gescholten – mich, den Bischof! Und als ihre Antwort kam, da seid ihr auseinandergelaufen wie Kinder, die des Spieles überdrüssig sind. Treu und Glauben sind gewichen, und auf des Schwertes Schneide steht meine Sache. Du aber, Meister Tilman, trägst die ärgste Schuld und kannst dich nimmer reinigen in Zeit und Ewigkeit. – O Würzburg, Würzburg, wie selig wärest du, wenn du die ausgestreckte Hand deines Bischofs und Vaters ergriffen hättest. Du und ich – deine Bürger und meine Edlen und Ritter – deine Mauern und Türme und meine Feste – wer könnte uns beide bezwingen? Und wenn der Teufel aus der Hölle käme – ich und du mitsamt der Heiligen Jungfrau im Bunde wären stark genug, ihm heimzuleuchten in den schwefeligen Pfuhl. O Würzburg, Würzburg, zwischen mir und dir ist das Glück hin und her gegangen, hat leis und laut geklopft bei dir, und du hast ihm das Tor verriegelt. Liebes Glück, wende dich her zu mir und den Meinen, komm, wir wollen dir ein Pförtlein öffnen, schlag deinen Wohnsitz auf im Frieden dieser Feste, die gar oft, gar oft schon umlagert war von Feinden, aber niemals noch gefallen ist. Und ihr da drunten, ihr Ungetreuen, die ihr nicht mehr seht, was Recht, was Unrecht ist, – wenn nun das Unglück an euer Tor pocht, dann sollen euere Augen gehalten sein, dass sie auch das Unglück für Glück halten. Und wenn ihr endlich mit Heulen und Zähneklappern zu mir um Gnade schreien werdet, dann darf ich mit gutem Gewissen antworten: Ich habe euch gerufen, und ihr seid nicht gekommen, ich habe euch gelockt und ihr habt mich verhöhnt. Jetzt hat sich das Spiel gewendet. Kommt, lasst uns Zahltag halten!«

Lorenz Fries war auf dem weichen Teppich in die Mitte des Gemaches zurückgetreten. Er lauschte mit gesenktem Haupte auf die Worte, deren letzte in dumpfes Grollen ausklangen.

Der Bischof wandte sich: »Wir reiten, Fries!«

»Der Jungfrau sei's gedankt! Und wohin geht die Reise, fürstliche Gnaden?«

»Nach Heidelberg, zu Kurfürst Ludewig.«

Mit einer tiefen Kniebeuge verließ der Staatsmann das Gemach.

Die Rosse scharrten und wieherten am Fuße des Bergfrieds. Auf den Dächern lag der Sonnenschein, Flüge weißer Tauben rauschten über die Giebel. Rufe tönten. Aus Fenstern und Luken sahen bärtige Gesichter. Mit hellem Klange schlug die Schlossuhr die vierte Stunde nach Mittag.

Bischof Konrad kam von der Hofstube herab und trat ins Freie. Hinter ihm quoll ein großes Gefolge heraus.

Mit raschen Schritten ging der Fürst zu seinem Zelter, klopfte ihm den Hals ab und gab ihm ein Honigplätzchen. Heftig nickte das edle Tier.

Der Marschall hielt den Bügel, und der Bischof schwang sich in den Sattel. Ein Befehl ertönte, und alle Neunzehn saßen auf. Die Rosse stiegen und drehten sich, scharrten das Pflaster und schnaubten.

Bischof Konrad wandte sein Pferd dem Palas zu. Er hob die Rechte. Aller Augen waren auf ihn gerichtet. Mit lauter Stimme, die sich hallend an den Mauern brach, rief er: »Gott ist mein Zeuge, dass ich lieber bei euch bliebe, als dass ich euch verlasse. Aber ihr, meine Getreuen, wisst ja selbst, dass ihr es gewollt habt, nicht ich. Also reite ich und hole uns Hilfe. Wäre es aber, dass sie mich würfen, und ich fiele als ein wunder Mann in ihre Hände, so sollt ihr um meiner Person willen nichts tun, nichts lassen, was dem Stifte zum Nachteil gereichen könnte. Ich bin der zweiundsechzigste Bischof nach dem heiligen Burkhard. Der nach mir kommt, wird der dreiundsechzigste sein. Bischof ist Bischof, und einer geht nach dem anderen wie ein Schatten über diese Erde, bis ihn die Gruft im Dom umfängt. Und wenn ich euch also Briefe schickte des Inhalts, ihr sollt die Feste übergeben, so seid bei euren Eiden gehalten zu antworten: ›Nein!‹ Und wenn sie mich auf einer Bahre brächten und legten mich vor euern Augen auf den Rasen, zückten ein Schwert über mir und riefen: ›Öffnet euerm Herrn!‹, so sollt ihr antworten: ›Wer ist unser Herr? Der Mann da drunten auf der Bahre? Wir kennen ihn nicht.‹ – Und nun kniet nieder, dass ich euch segne.«

Edel und Unedel, Alt und Jung sank auf die Knie, die Reiter entblößten die Häupter, und segnend hob der Bischof die Hände. Es war ganz stille in dem weiten Hof zwischen den grauen Mauern. Irgendwoher aber tönte aus der Tiefe des Schlosses das langgezogene Geheul eines großen Hundes. Dann flog mit scharfem Rauschen eine Schar Tauben über die Dächer. Und zu gleicher Zeit verkündete die Schlossuhr hell klingend die halbe Stunde zwischen vier und fünf Uhr nachmittags.

Der Bischof ritt mit seinem kleinen Gefolge den Hof entlang, und einer nach dem anderen tauchte hinab in das finstere Tor. Dumpf dröhnten die Hufe der Rosse auf den Bohlen der Zugbrücke.

Bis an das Tor hatte die Menge den Abziehenden das Geleite gegeben. In feierlicher Stille harrte sie aus, bis die letzten über der Brücke waren.

Dann hob sich die Brücke, die Torflügel schlossen sich – zuerst die äußeren, dann die inneren. Murmelnd flutete die Menge zurück. –

Es war ein buntgemischter Haufe von waffenerprobten Herren, Rittern und Knechten, von halbwüchsigen Buben, jungen und alten Domherren, Weltpriestern, Mönchen, Kanzleischreibern. Ja, sogar der Nachrichter mit seinen Knechten war in der Feste – der hatte den Boden in der Stadt zu heiß gefunden.

Zwischen dem Bergfried und dem Palas bildete sich ein großer Ring, und in die Mitte dieses Ringes trat der oberste Hauptmann, Dompropst Markgraf Friedrich von Brandenburg, hob die Rechte und gebot Schweigen. Dann begann er:

»Liebe und Getreue! Unser gnädigster Bischof und Herr hat schweren Herzens sein festes Schloss verlassen und ist ins Ungewisse geritten. An uns aber ist es, das Schloss zu halten bis zum letzten Atemzug, zum letzten Tröpflein Blut, dass er bei seiner Heimkehr wohlverwahrt finde, was uns anvertraut ist – mir anvertraut, euch allen anvertraut, dem Vornehmsten und dem Geringsten. Es ist nun an der Zeit, die Feste zu schließen und alles zur Verteidigung zu rüsten. Denn in gar kurzer Zeit werden die Feinde unseres gnädigsten Herrn von Mittag und von Abend heranziehen und unsere Gräben und Mauern berennen. Sollen sie kommen! Unsere Mauern sind fest, und noch nie, seitdem die Burg der Heiligen Jungfrau steht, ist es einem Feinde gelungen, diese Mauern zu brechen. Nach allen Seiten sind unsere Handrohre und unsere Stücke gerichtet. Unsere Speicher und Kammern sind auf viele Monde mit Mehl und Korn, Speck und Dürrfleisch, Butter und Eiern gefüllt, in unseren Kellern liegt Weins genug: Keiner wird hungern, keiner dürsten, und unerschöpflich ist die Quelle weit draußen am verborgenen Orte, von der durch tiefgelegte Rohre das Wasser in die Feste rinnt. Also gehen wir getrosten Mutes in die Zukunft hinein. Für Schwachherzige aber und solche, die auf beiden Achseln tragen, ist kein Raum in diesen Mauern. Was uns nottut, das sind Männer, die bereit und willens sind, das Leben an die Ehre zu setzen. Darum prüfe sich jeder, solang es noch Zeit ist, ob er das auf sich nehmen will, was Not und Ehre von ihm fordern. Und findet einer in seinem Herzen, dass es ihm anderswo besser gefiele, dem sage ich: Guter Freund, schnüre dein Bündel, das Pförtlein steht dir offen, wir halten dich nicht und wir verargen dir's nicht.«

Der Markgraf hielt inne und sah mit scharfen Augen über den dichtgedrängten Ring, wandte sich langsam und spähte nach allen Seiten. Kein Mann rührte sich von der Stelle.

Da reckte er die schlanke Gestalt und rief mit lauter Stimme, dass es zwischen den Mauern hallte: »Ich habe es nicht anders erwartet. So sind wir also eine einzige, große Bruderschaft, miteinander verbunden auf Gedeih und Verderben. Des zur Bekräftigung lasst uns die Schwurfinger heben und sprecht mit mir:

Ich schwöre –«

Wie dumpfes Brausen ging es über den Platz: »Ich schwöre –«

»– dass ich mit allen meinen Kräften –«

»– mit allen meinen Kräften –«

»– die Feste halten werde –«

»– halten werde –«

»– bis mir das Herzblut stockt.«

»– das Herzblut stockt.«

»So wahr mir Gott helfe und alle Heiligen!«

»– und alle Heiligen!«, klang und verhallte es zwischen den Mauern. –

Es waren aber zweihundertfünfzig, die also geschworen hatten am Abende des 6. Mai 1625. Alte und Junge. Und jetzt gingen sie auseinander, ein jeder an seinen bestimmten Ort.

Mit hellem Klange schlug die Uhr die fünfte Stunde. Da raste der befreite Wolfshund des Bischofs aus der Pforte, die von der Hofstube herausführte, raste wie toll den leeren Hof entlang, bis an das geschlossene Tor, lief zurück und suchte mit schnuppernder Nase die Fährte, setzte sich dort, wo sein Herr zum letzten Mal gestanden war und den Fuß in den Bügel gestellt hatte, hob den Kopf und erfüllte die Luft mit langgezogenem Geheul.

10.

Die Wasserflut, von der die Bibel berichtet, begann damit, dass die Brunnen »der großen Tiefe« aufbrachen. Dann erst öffneten sich die Schleusen des Himmels.

Bis jetzt hatten sich auch hierzulande nur die Brunnen der großen Tiefe geöffnet, und es war emporgeschäumt: der Hass, die Wut, der Neid, die Raubgier. Alles, was nur das Nächste vor Augen, das Engbegrenzte zum Ziel hat. Und wenn schon diese Wasser der großen Tiefe viel Altes, scheinbar für die Ewigkeit Gegründetes gehoben hatten, dass es in gräulicher Unordnung wirbelnd umhertrieb – die größten Gewässer sollten sich erst noch heranwälzen und den weiten Talkessel mit ihrem Brausen und Toben erfüllen. Denn – so warfen die Hauptleute des fränkischen Heeres im Lager zu Gerolzhofen der letzten Gesandtschaft des Bischofs ins Gesicht – die Zeit erforderte eine Endschaft, darum wollten sie fortan mit Ernst verfahren. Und kaum hatte der Bischof seine Burg verlassen, da strömten die Heere von Süden, Westen und Norden herein.

Das war nun die große Flut, das Werk des Planeten Saturn, von der die Sterndeuter seit einem Menschenalter geredet und geschrieben hatten; das war die angesagte Sintflut, die mit den wild gewordenen Söhnen des Saturn über alles hereinkam, was sich ihr feindlich entgegenstellte. Das waren die Wogen entfesselter Volkskraft, auf deren Kämmen die Sensen funkelten. Das war der große Krieg, der sich erhoben hatte gegen alles Bestehende im Heiligen Römischen Reich Deutscher Nation von den Alpen bis ins Thüringer Land.

Hinter der Feste gegen Abend bei Dorf Höchberg lag das evangelische Heer, und Obristfeldhauptmann war Götz von Berlichingen mit der eisernen Hand. Draußen im Süden, oberhalb des Städtleins Heidingsfeld am Main, rauchten die Lagerfeuer des fränkischen Heeres, und ihm gebot Herr Florian Geyer mit seiner schwarzen Schar. Ein dritter Haufe hatte sich im Norden, bei Karlstadt, zusammengeballt.

In vielen Tausend Augen spiegelte sich die Feste auf dem Marienberg als Ziel und Kampfpreis, und viele Tausend Lippen sprachen leise und laut das Wort, das Florian Geyer, ihr Abgott, zuerst gesagt hatte: »Schon ist die Axt an die Wurzel gelegt, und es geziemt uns nicht, sie zurückzuhalten. Es muss das Schloss herab!«

Dann kam die Stunde über Würzburg, die dem weissagenden Bischof vor Augen gewesen war: Es pochte mit Macht an die verschlossenen Tore und forderte Einlass. Und sie hielten es für das Glück und ließen es ein.

Meister Tilman hatte sich von Anfang an unwirkliche Gebilde vorgezaubert. Er hatte gewähnt, der Stoff, aus dem das große Neue geschaffen werde, sei weiches Lindenholz; es bedürfe nur der kunstfertigen Hand, das Gebilde zu formen. Und wie so gerne hätte er mitgearbeitet an diesem Werk. Da kam die waffenklirrende Wirklichkeit, und er ward mit Beklemmung inne, dass andere längst vor ihm seinen Träumen eine Gestalt gegeben hatten, die ihn fremd und feindlich anblickte, und er fühlte mit steigendem Unbehagen, dass niemand mehr seiner bedurfte. Zwischenhinein aber verspürte er ein leises Bohren und Nagen, über dessen Ursache und Wesen er sich zunächst selbst noch keine Rechenschaft geben konnte oder – wollte.

Über dem allen wölbte sich einen Tag wie den anderen in eintöniger Schönheit der wolkenlose Himmel eines über die Maßen wonnigen Frühlings. –

Es war der Nachmittag des elften Mai.

Tilman hatte sich nach langer Zeit wieder einmal in seine Werkstatt begeben. Warum, wusste er selbst nicht. Denn zu tun gab es dort nichts. Verödet lag der große Raum in dem niedrigen Hintergebäude, wo einst die vielen Gesellen geschafft hatten.

Langsam ging die hohe, gebeugte Gestalt die Arbeitsplätze entlang. Vor einer großen Gliederpuppe blieb der Meister stehen und blickte auf das Gewand, das bis aus den Boden herabwallte. Nach alter Gewohnheit griff er dort in die kunstvoll gesteckten Falten, wo sie seinem Auge nicht entsprachen. Ein feines Wölkchen Staub löste sich von dem Stoffe, und eine Maus huschte unter dem Saume hervor.

Seufzend wandte er sich ab.

Ein zweiter Seufzer antwortete ihm aus der Ecke.

Jählings wandte er sich: »Du hier?«

Jörg Riemenschneider kam hinter einem zusammengeschobenen Haufen, einer ganzen Ratsversammlung anderer Gliederpuppen hervor. Seine Augen waren vom Weinen gerötet, und wortlos nickte er zu seinem Stiefvater hinüber. »Jawohl, Herr Vater. Es hat ja keinen Zweck mehr. Aber die alte Gewohnheit treibt mich halt immer wieder herein.«

Er wischte die Augen: »Es wird nie mehr einer kommen und einen Heiligen bestellen. Nie! Wer einen Heiligen will, der kann ihn auf der Gasse aufheben. Da liegen sie, landauf, landab hinter den Kirchen – haufenweise.«

»Die Zeit der Heiligen ist vorbei«, sagte Tilman, und seine Stimme klang rau. Aber er hatte die Augen von dem verweinten Gesichte des anderen abgewendet, als wäre er der Sache schuldig und müsste sich eines bösen Gewissens schämen.

»So wird uns nichts mehr übrig bleiben, als dass wir Grabsteine meißeln und, wenn's gut geht, Torbögen und Brunnentröge«, sagte der Sohn und wandte sich zur Türe. Dann blieb er unschlüssig stehen und sagte halb über die Schulter: »'s ist ein rechtes Kreuz, und es darf einer nicht zurückdenken an die gute, alte Zeit, wo da herinnen und im Hof draußen zwanzig, dreißig Knechte geschnitzt und gemalt und gemeißelt haben.«

»Schweig!«, rief der Meister zornig.

»Und mein Weib ist auch in der Hoffnung – endlich nach drei Jahren – und was einen früher gefreut hätte, das macht jetzt das Herz nur noch schwerer.«

»Ei, Jörg, das ist ja eine frohe Botschaft in der bösen Zeit«, sagte nun Tilman mit ganz veränderter Stimme. »Und ich denke, wir haben noch immer so viel, dass auch ein Viertes sich satt essen kann«, setzte er mit leisem Lachen hinzu.

»Wer weiß?«, murrte der andere. »Es wäre nicht das erste Mal, dass sie zu Würzburg einen Bürger bis aufs Hemd ausziehen täten. Es muss einmal heraus, es würgt mir sonst den Hals ab: Der Herr Vater hat sich in einen bösen Handel gemengt. Und wenn's das Unglück will –« Er murmelte Unverständliches. Von der Türe her sagte er noch: »Der Bermeter hat vorhin auch nach Euch gefragt.«

»Er soll kommen!«, befahl der Meister.

»Der Lump!«, brach Jörg Riemenschneider los und schüttelte die geballten Fäuste. Dann ging er.

Tilman blickte nachdenklich vor sich hin. Eine tiefe Falte lag zwischen seinen Augenbrauen.

Der Mann, der ihn seit vielen Jahren Vater nannte, der Biedermann und fleißige Bildhauer, den ihm seine erste Frau mit anderen Söhnen in die Ehe gebracht hatte – wie war er ihm doch im Grund seines Herzens so fremd.

Noch tiefer wurde die Falte. Er sah sich als jungen Gesellen, arm an Geld und reich an Hoffnungen, in diese Stadt einziehen, über die

Schwelle des Hauses zum Wolfmannszichlein treten und bei Frau Anna, der reichen Witwe weiland Ewald Schmids, Arbeit suchen. Und dann –

Es war ein Jammer, dass ihn dieser Mann immer an lange, freudlose Jahre erinnern musste, dieser Stiefsohn, über den er nie zu klagen gehabt hatte. Dieser enge Handwerker im Vorhofe der Kunst. –

Bermeter schob sich zur Türe herein.

Da entfuhr es dem Meister: »Heilige Jungfrau, wie seht Ihr aus!«

»Wie soll ich aussehen?«, rief der andere trotzig. »Wie die böse Zeit. Was wundert's Euch?«

Der Meister antwortete nichts. Sein Blick haftete starr an den verwilderten Zügen des dunklen Gesellen. Und unwillkürlich verglich er mit ihm das biedere Antlitz des Mannes, der soeben aus der Türe gegangen war.

Bermeter brach los: »Das hab ich mir auch anders gedacht. Sind wir deshalb des Bischofs Feinde geworden, dass wir der Bauern Knechte werden und gar nichts mehr zu sagen haben in der Stadt Würzburg? Oder weiß ich's nur nicht? Sitzt Ihr vielleicht auch alle Tage in der neuen Weltregierung und ratschlagt mit dem Metzler, dem Kohl, dem Bubenleben, dem Florian Geyer – he? Im Kapitelsaal zu Neumünster stehen die Geharnischten mit Hellebarden die Treppen hinunter bis in die Kirche und geben acht, dass keiner gestohlen wird. Ei so, Ihr seid nicht dabei? Werdet freilich nicht viel versäumen. Kann mir's denken, was die Unsrigen zu tun haben – wärmen halt ihre Sitze, und das Raten besorgen die anderen.«

»Es hat mich niemand gerufen«, kam die Antwort zurück.

»Sind aber doch fünfe aus dem Rat dabei?«, höhnte Bermeter. »Und wisst Ihr auch, dass die Höfe Katzenwicker, Grumbach, Lobdeburg, Kaulenberg von den Bauern besetzt sind?«

»Ich weiß es«, sagte Tilman. »Und es kann vielleicht nichts schaden, wenn Ordnung wird in der Stadt.«

»Ordnung?«, rief Bermeter. »Sind wir deshalb des Bischofs Feinde geworden, dass wir in die Gewalt der Bauern fallen?«

Er trat ein paar Schritte näher und raunte: »Ist freilich so groß nicht diese Gewalt. Wer Augen hat zu sehen, der sieht's. Ihr Heiligen – was für ein Heer! Zusammengelaufene Rotten, jeden Augenblick bereit, wieder auseinanderzulaufen. Kriegsleute auf drei, vier Wochen! Und wird den meisten das schon zu lang. Ist ein ewiges Kommen und Gehen in den Bauernlagern – wie auf dem Jahrmarkt. Und wenn sie den Florian Geyer nicht hätten und seine schwarze Schar –«

»Und den Götz von Berlichingen!«, rief Tilman.

»Den Götz?« Bermeter spukte aus. »Ich weiß, was ich weiß. Und ich sag Euch: Der Götz ist Obristhauptmann im evangelischen Heer dem Namen nach und in Wahrheit ein armer, von den Bauern gepresster gefangener Mensch. Ich weiß es: So hat er sich selber genannt.«

»Nicht möglich!«, rief Tilman.

»Nicht möglich? Ei, wer kann's den Bauern verargen, wenn sie einem Edeln und Besten nicht um die Ecke trauen?«

»Und warum haben sie ihn dann überhaupt zum Obristhauptmann gemacht?«

»Warum? Nun weil sie den berühmten Kriegsmann brauchen wie der Wirt das schöne Schild über der Tür. Oh, Meister Tilman, Ihr seht die Welt auch mit Augen an, als wäret Ihr heute Nacht aus dem Mond heruntergefallen!«

»Bermeter!«, rief Tilman.

»Nichts für ungut« lenkte der andere ein. »Ich bin doch nicht gekommen, Euch zu erzürnen. Beileibe nicht! Muss vielmehr eine Frage an Euch tun: Könnt Ihr mir ein Weniges an Geld geben?«

»Schon wieder?«

»Je nun, die Zeiten sind schlecht.«

»Wie viel?«

»Mit einem Gulden wär mir wohl gedient« sagte Bermeter und sah den Meister treuherzig an.

Der griff in die Tasche und zog den Beutel.

Als der Tag sich dem Abend entgegenneigte, hatte sich Tilmans eine Unruhe bemächtigt, über die er in seinen vier Wänden nicht Herr zu werden vermochte. Er wollte fortan nicht nur vom Hörensagen leben, er wollte seine eigenen Augen und Ohren gebrauchen. Es trieb ihn mit unwiderstehlicher Gewalt hinaus nach Heidingsfeld ins Lager der Bauern. Und er gedachte, sich keineswegs als vornehmer Ratsherr unter sie zu mischen. Er wollte als ihresgleichen sehen und hören. Deshalb nahm er einen alten, leinenen, vielfach geflickten Arbeitsmantel aus der Kleidertruhe und stülpte sich einen breitkrempigen Hut tief in die

Stirne. So war er anzusehen wie ein Handwerker, der Feierabend gemacht hat und sich nach Hause begibt.

An seinem alten Wanderstecken – es war derselbe mit dem kunstvoll geschnitzten Griff, den er vor zweiundvierzig Jahren im Wolfmannszichlein an den Nagel gehängt hatte – an diesem Wanderstecken ging er hinunter zur Mainbrücke, und wenn er in den Torbögen der Brücke und der Vorstadt den Hut ein wenig aus der Stirne rückte, war es ihm ein Leichtes, durch die Wache der Bürger zu kommen.

11.

Hinter Heidingsfeld, vom Fluss über die Landstraße gegen die Hügel hinan, summte, grollte, rauchte, qualmte das Lager des fränkischen Heeres.

Die Sonne stand nahe über den Hügeln; in bläulichen Dunst gehüllt blickte aus der Ferne die Feste des Bischofs herüber.

Abseits der Straße, im Schatten einer alten Linde, auf der Steinbank seitwärts neben dem schönen Bildstock und den vier kleinen, halb in die Erde gesunkenen Mordkreuzen, saß Tilman Riemenschneider, und auf der staubigen Landstraße an ihm vorüber kamen und gingen die Menschen in buntem Gewimmel; vom Lager, ins Lager rollten die Karren, keuchten die Zugtiere.

Gestank erfüllte die maiengrüne Landschaft – der unsagbare Gestank, der aufsteigt, wenn alte Ordnungen aus den Fugen gehen und die Menschheit sich in Krämpfen der Empörung windet.

Unbeachtet saß Meister Tilman und lauschte auf die abgerissenen Worte, die von der Straße an sein Ohr drangen. Er sehnte sich nach einer Offenbarung. Hier musste sie ihm werden, hier, wo sich heldenhafte Männer, hier, wo sich die Kämpfer für Freiheit und Evangelium zusammengeballt hatten, bereit zum Kampf auf Leben und Tod. Hier musste ihm die Offenbarung werden – wo anders sonst?

Lange wartete er vergeblich. Dann kam ein junger Bauer mit der Armbrust über dem Rücken und der Wehre an der Seite pfeifend die Straße von Heidingsfeld gegangen. Jetzt blieb er stehen, sah zur Bank hinüber, sprang die Böschung empor und setzte sich neben den wartenden Mann.

»Hier ist gut sein, wie im heiligen Evangelium, lasset uns Hütten bauen«, sagte er lachend, nahm die Kappe vom Kopf und strich über den geschorenen Schädel. »Kommst du aus unserem Lager, Bruder, oder willst du in unser Lager hinein?«

»Ich möchte wohl in euer Lager, aber ich weiß nicht, ob mich die Wache hindurchlässt.«

»Geh mit mir, dann hat's keine Not«, sagte der andere. »Den Baltzer von Bibart kennt jeder im Lager. Aber was willst denn bei uns?«

»Ich bin ein Handwerksmann aus Würzburg und möchte das fränkische Heer in der Nähe besehen; das fromme Heer, das ausgezogen ist, die Gerechtigkeit zu fördern, dem heiligen Evangelium zur Herrschaft zu helfen, das Reich Gottes auf Erden aufzurichten. Ich habe eure zwölf Artikel gelesen, und ich kann sagen, sie gefallen mir wohl.«

»Zwölf Artikel?«, sagte der Bauer, legte seine Seitenwehre über die Knie und gähnte. »Weiß von keinen zwölf Artikeln.«

»Wie, Bruder Bauer, du weißt nichts von den zwölf Artikeln?«, fragte Tilman. »Das kann nicht dein Ernst sein. In den zwölf Artikeln ist doch alles beschlossen, was ihr Bauern wollt, und auch wir Bürger müssen sagen, die zwölf Artikel sind gut und gerecht. Ei, warum hast du dann deine Wehr umgeschnallt und bist ins Feld gezogen?«

»Weil's den Großen an den Kragen geht, weil die Schlösser herab müssen, weil die Klöster ausgeräuchert werden, weil alles, was krumm ist, gerade, was buckelig ist, eben gemacht wird, und weil es ein lustiges Kistenfegen und Säckelleeren gewesen ist von Anfang bis jetzt«, erklärte der Bauer mit schwimmenden Augen. »Da guck!« Er reckte dem Meister die Linke hinüber, an deren Zeigefinger ein schwerer, goldener Siegelring steckte: »Guck, den hat der Abt von Schwarzach getragen, jetzt trag' ich ihn. Der Abt hat ihn am Daumen gehabt. Ich seh' ihn noch, wie er auf den Knien vor uns herumrutscht und das Wasser von ihm wegrinnt. Aber für meinen Daumen ist der Ring zu eng. Nun trag' ich ihn am Zeigefinger. Das ist der Unterschied zwischen mir und dem Abt. Verstanden?« Aus seinem Munde wehte der Dunst reichlich genossenen Weines zu Tilman hinüber. »Aber lass dir sagen, Bruder Bürger, das Leben da vor Würzburg, das hab ich mir auch anders gedacht. Und wenn's so weitergeht, dann krieg' ich's satt, dann sagt der Baltzer von Bibart, da tu' ich nimmer mit.« Er rückte ganz nahe an den Meister heran: »Und so wie ich denken tausend andere im Lager.«

»Aber das ist ja schrecklich!«, rief Tilman. »Ihr könnt doch nicht auf halbem Wege stehen bleiben, ihr müsst doch zum guten Ende führen, was alle Rechtschaffenen wollen!«

»Was hat man uns vorgesagt im Lager zu Gerleshofen?«, rief der Bauer zornig. »So hat man uns gesagt: Warum rennt ihr da heraußen von Schloss zu Schloss, von Kloster zu Kloster? Was ist denn gewonnen, wenn ihr da ein Raubnest ausräumt und dort ein Kloster? Was ist das unter so viele? Höret: Das Würzburg ist eine große, große Stadt. Zu Würzburg in den Häusern und Höfen glänzt alles von Gold und Silber, und unter der Erde hat's Keller mit tausend und tausend dickbaucheten Fässern, da ist Weins genug, und die Würzburger Mädeln sind auch nit gering zu achten. – So hat man uns gesagt, und auf das hin haben wir kehrtgemacht und sind gen Würzburg gezogen. Und was ist jetzt? Da heraußen liegen wir, und da drüben liegt Würzburg. Und das Erste, was sie getan haben, war dieses: Sie haben im Lager einen Galgen errichtet und alles Plündern verboten. So sind unsere Hauptleute eidbrüchig geworden am fränkischen Heer, und das wollen wir ihnen gedenken.«

Entsetzt rückte der Meister an das andere Ende der Bank. »Davon steht aber nichts in den zwölf Artikeln!«

»Steht nichts drin?«, lachte der Bauer. »Dann schreibt man's halt auch noch hinein. Ungefähr so: Alles muss gleich werden. Es darf keine Junker mehr geben und keine Pfaffen. Aber auch die dritten müssen dran glauben, die Pfeffersäck' in den Städten. Und wenn sie sich etwa vielleicht lang besinnen, dann schlägt man ihnen in aller Heiligen Namen den Grind ein.«

»Davon steht nichts in den heiligen Evangelien!«, sagte Tilman und erhob sich.

»Steht nichts drin?«, lachte der Bauer. »Dann schreibt man's halt auch noch hinein in die heiligen Evangelien. Wird wohl Platz dafür sein, wo so viel schon drin steht. Ungefähr so: Alles muss gleich werden, und die Bauern müssen die Herren sein über die anderen; denn die sind jetzt lang genug die Allerweltsknechte gewesen. Hast mich verstanden?«

Auch er hatte sich erhoben. »Also, bist eingeladen, Bruder, komm mit in unser Lager. Wirst sehen, es fehlt nicht an Kurzweil im fränkischen Heer. Hast hoffentlich Geld in dei'm Beutel?«

»Der Abend ist nahe, ich denk', ich mach mich auf den Heimweg«, sagte Tilman zögernd.

Da trat der Bauer hart an ihn, seine geröteten Augen funkelten, die Linke umkrallte den Griff der Wehre, und mit geiferndem Munde zischte er: »Hast doch ins Lager wollen, Bruder? Und jetzt auf einmal nimmer? Was ist dir? Verachtest du etwa vielleicht das fränkische Heer? Du, das könnt' dich bitter gereuen!«

Der Meister beteuerte, dass er das fränkische Heer mitnichten verachte, und ging hinter dem Bauern ins qualmende, stinkende Lager.

Die Nacht war heraufgekommen. Vom Fluss bis zu den Hügeln glühten die Lagerfeuer, von den Hügeln bis zum Fluss hinunter quiekten die Geigen, dröhnten die Pauken, gellten die Pfeifen, zwischen hinein stach schrilles Jauchzen in den dunklen Sternenhimmel, und aus den weitgedehnten Altgewässern des Maines antwortete in eintöniger, unermüdlicher Grundmelodie das Geschrei zahlloser Frösche.

Ein ganzer Schwarm von Bauern hatte sich an den Bruder Bildschnitzer von Würzburg gehängt, und von Schenke zu Schenke zogen sie mit dem Widerstrebenden. Niemand beachtete, dass er selbst so viel wie nichts trank. Die Hauptsache war, dass er ohne Widerrede immerfort den Beutel zog und reichlichen Trunk spendete.

Er fühlte sich unter all dem Singen und Toben unsäglich elend, und eintönig, wie der Singsang der Frösche, klang ihm aus der gewaltsam ausgepeitschten Lust des Lagers höhnend und feindlich entgegen: So sieht das aus?

Trotzdem konnte er sich nicht losreißen. Vielleicht wartete er im Geheimen immer noch auf eine Offenbarung.

Es ist eine Stunde später. Drunten, nahe dem Ufer, brennt ein großes Feuer, und um die züngelnde Lohe tanzen jauchzende Paare.

Meister Tilman steht mit seinen Zechgenossen in dem weiten Ring der Zuschauer.

Ohne Anteilnahme starrt er hinüber, und weil er so gar nichts äußert, packt ihn plötzlich der Bauer Baltzer von Bibart am Arm und fragt ihn wieder einmal mit schwerer Zunge: »Bruder Bildschnitzer, verachtest du etwa vielleicht das fränkische Heer?«

Und als ihm der Meister aufs Neue versichert, er verachte das fränkische Heer mitnichten, sagt der Bauer: »Ich wollt's dir auch nicht geraten haben, das könnt' dich bitter gereuen.« –

Ohne Anteilnahme hat Tilman bislang hinübergesehen. Was kümmern ihn die trunkenen Bauern und die kreischenden, aus den umliegenden Dörfern zusammengelaufenen oder im Trotz des Heeres mitgekommenen Dirnen!

Aber jetzt wird das Bild ein anderes: Aus dem hüpfenden Knäuel, in dessen Mitte das Feuer flammt, lösen sich die einzelnen Paare, und im Tanzschritt entwickelt sich, gleich einer mächtigen Schlange, den inneren Ring der Gaffenden entlang, der Reigen. Die Pfeifen quieken, die Geigen klingen, und herrisch gibt die Pauke den Takt an.

Noch immer blicken die scharfen Augen des Meisters teilnahmslos. Paar auf Paar tänzelt eng umschlungen an ihm vorüber.

Da – es ist ihm zumute, als hätte ihm jemand einen Schlag versetzt – wär's möglich? Oh, er täuscht sich nicht: Das ist die Kappe mit der wippenden Feder, die so frech in die Luft sticht; das ist der dunkle Geselle, der mit sieghaftem Lächeln einhertänzelt –! Und die tänzelnde Dirne mit den aufgelösten Haaren, die, von ihm eng umschlungen, ihn wieder umschlingt –

Jetzt kommen sie nahe herzu – tänzeln an ihm vorüber – und Meister Tilman vermag sich nimmer zu halten und ruft, und es tönt wie ein Klagschrei: »Bille!«

Das Mädchen schrickt zusammen, und ein scheuer Blick gleitet den Ring der Gaffenden entlang. Sie erkennt den Meister, sie wendet sich ab, sie drängt den Gesellen vorwärts, sie tänzelt vorbei und entschwindet.

Andere Paare kommen heran; drüben aber springen die ersten durch das lodernde Feuer.

Es ist zwar noch lange nicht Sonnwendzeit, in der die Feuer mit Recht flammen dürften von Hügel zu Hügel und die glühenden Räder die Hänge hinabrollen müssten. Aber was schadet's? Die ganze Welt steht auf dem Kopf. Warum sollte man denn anno 1525 nicht auch einmal im Monat Mai die Sonnwend feiern und über die Glut springen? Was kann's schaden? Und wer weiß, wie sich die Welt bis Johanni wieder verwandelt! –

Jetzt schickt sich Tilman Riemenschneider zum Gehen an. Er hat genug. Er hat die Nase und die Ohren voll, und die Augen fließen ihm über. Seine Füße sind schwer, als hingen Erdklumpen daran, und mit dem Rhythmus des Froschgeschreies schlägt es allfort an seine Ohren: So sieht das aus? So sieht das aus?

Und Bille tanzt unter den Dirnen, tanzt unter den Dirnen!

Er möchte heim.

Da kommt vom Lagereingang her ein feierlicher Zug gewallt. Voran schreiten Pfeifer und Geiger und spielen und blasen eine altbekannte Bittgangweise. Dann kommen – Tilman ist zur Seite getreten – ihr Heiligen, es ist nicht möglich –?!

Tilman starrt auf die Prozession: Das sind betrunkene Bauern, die sich in die kostbarsten, von Gold und Silber funkelnden Priestergewänder gehüllt haben. Und jetzt schwankt auf einer Trage, von Fackeln umqualmt, auf den Schultern von Lagerdirnen –? Tilmans Augen haben sich weit geöffnet. Ihr Heiligen in himmlischen Höhen, das ist nicht möglich im fränkischen Heer –!

Der Ring der Gaffenden hinter ihm hat sich aufgelöst. Von allen Seiten drängen sie herzu. In Knäueln stehen sie zur Rechten und Linken und schreien und johlen der Prozession entgegen.

Die Musik ist verstummt, der Zug kommt zum Stehen. Über den Schultern der Dirnen aber ragt lebensgroß auf tuchverhüllter Trage, leise hin und her schwankend, umloht von roten Flammen, in schwelenden Rauch gehüllt, die Mutter Gottes von Heidingsfeld.

Des Meisters Herz hat ein paar Schläge ausgesetzt. Nun tobt es bis in den Hals empor. Die Mutter Gottes von Heidingsfeld, seine Mutter Gottes, seine zum Bild gewordene Verehrung, der Abglanz seiner, noch von Zweifeln unbeirrten, seiner kindlichen Frömmigkeit, das Werk seiner jungkräftigen, jedes Schnittes unfehlbar sicheren Hand von ehedem – das holdselige Kunstwerk, das er in seinen heimlichsten Gedanken je und je noch über seine Mutter Gottes in der Basilika von Neumünster gestellt hat –!

Vor die Spitze des Zuges tritt nun der Bauer Baltzer von Bibart und spreizt die Beine und schreit: »Was kommt denn da in unser Lager herein?«

Aus der Schar der vermummten Bauern antwortet sogleich einer singend, als wäre er zum Responsorium verpflichtet: »Die Mutter Gottes, fromm und rein.«

Tosend erhebt sich das Gelächter im Umstand. Der Bauer Baltzer aber brüllt: »Ist heidnischer Gräuel, muss ab sein und tot!« Und damit reißt er die Armbrust vom Rücken.

»Ab und tot!«, brüllt es im Umstand. »Ins Feuer damit!«

»Halt!«, grölt der Bauer Baltzer von Bibart, zieht die Armbrust auf und legte den Bolzen ein.

Ein riesiger Bauer ist neben ihn getreten, hält ihm die Faust unter die Nase und ruft lachend: »Wenn du das Kind triffst, schlag ich dich nieder.«

»Wie werd’ ich?«, schreit der Baltzer und zielt. Die Armbrust schwankt bedenklich. Der Baltzer setzt ab und schnauft und setzt aufs Neue an. Da schwirrt der Bolzen und schlägt mit hartem Klang in die Brust der Gebenedeiten.

Sie klatschen in die Hände, sie werfen ihre Mützen in die Luft, die Weiber kreischen, Meister Tilman aber blickt wie gebannt auf den Bolzen.

»Ins Feuer mit ihr!«, brüllt einer im Umstand. »Ins Feuer!«, brüllen ihrer zehn, ihrer zwanzig.

Die Pfeifen quieken, die Pauke dröhnt, die Fackeln qualmen, die vermummten Bauern heben ihre Messgewänder wie Weiberröcke und stimmen ihre feierliche Weise an. Das Bild der Gebenedeiten schwankt auf den Schultern der Dirnen dem lohenden Feuer entgegen.

Meister Tilman schreitet mit schweren Schritten dem Ausgang zu. Seine Rechte umklammert den Griff des Wandersteckens. Es ist derselbe mit dem kunstvoll geschnitzten Griff, den er vor zweiundvierzig Jahren im Wolfmannszichlein an den Nagel gehängt hat – voll der Entwürfe und voll der Hoffnungen.

Und ihm ist auf einmal, als wäre dies alles, das er da hinter sich lässt, nur ein ferner, zerfließender Traum. –

Draußen vor dem Lagertor kommt ihm einer nach und packt seinen Arm: »Gehst schon heim, Bruder Bildschnitzer? Fürchtest dich nit? So allein den weiten Weg?«

Tilman reißt sich los: »Nein – denn Ärgeres kann mir heut nimmer begegnen.«

Der Bauer Baltzer aus Bibart packt ihn abermals, und sein heißer Atem trifft sein Gesicht: »Bruder, ich rat' dir gut – gib mir den Beutel. Es könnt' dir ein Leid widerfahren, so allein aus dem Weg.«

Meister Tilman greift in die Tasche und wirft den Beutel hinter sich.

12.

Tilman wusste nicht, wie er nach Hause gekommen war in jener wundervollen Maiennacht, wo die Nachtigallen schlugen, die Frösche sangen und die Sterne am dunklen Himmel friedvoll flimmerten und funkelten.

»So sieht das aus?«, murmelte er, löschte das Kerzenlicht mit dem Blechhütchen, streckte sich auf das Lager und schloss die Augen.

Und alsbald versank er, leiblich ermüdet und seelisch aufs Tiefste erregt, in den halbwachen Zustand, den er so gut kannte.

Gestalt um Gestalt schob sich in Lebensgröße lautlos vor seine geschlossenen Augen herein. Zuerst ganz nebelhaft, dann aber in immer schärferer Klarheit. Landschaften breiteten sich aus, Plätze mit wimmelnden Menschen glitten heran und vorbei. Zum zweiten Male erlebte er, was er vor wenigen Stunden leiblich geschaut hatte. Aber nicht er war's, der die Gestalten rief; unabhängig von seinem Willen tauchten sie auf, und mit einer gewissen Neugier, wie ein Unbeteiligter, beobachtete er das Kommen, das Gehaben, das Verschwinden.

Dieser Zustand hatte ihn schon oft ergötzt, nur in seltenen Fällen gequält.

Unter den Gestalten, die also vor ihm aufstiegen, befanden sich auch Kunstwerke unerhörter Art, und nur zu wohl war ihm bewusst, dass er seine größten Schöpfungen zuerst in solch halbwachem Zustand wie eine Offenbarung geschaut, dass er nach einer solchen Vision das Gebilde entworfen und aus immer neuen Visionen die Kraft zur Vollendung geschöpft hatte.

Gestalt auf Gestalt schob sich also hinter seinen geschlossenen Augenlidern vorüber. Doch heute quälte ihn alles, was er zu sehen gezwungen war. Und als das Quälendste empfand er, dass die Gestalten sich immer wilder bewegten, dass sich ihre Gesichter verzerrten in Lust und

Leid, und dass sie bei alledem – wie nicht anders zu erwarten war – keinen Laut von sich gaben.

Fast unerträglich wurde das Schauen. Tilman öffnete die Augen und bekreuzigte sich, betete mit halblauter Stimme ein Vaterunser und den Gruß der Engel an die Gebenedeite.

Da legte sich seine Angst und er entschlief.

Nach einiger Zeit glaubte er zu erwachen, und jetzt stand in Lebensgröße eine ganz andere Gestalt vor ihm und stand in ganz anderer Art als vordem die Gestalten der Vision zwischen Wachen und Schlafen: Es war die Mutter Gottes aus der Heidingsfelder Kirche, seine Mutter Gottes mit dem Kinde. Seine Mutter Gottes ohne Zweifel; denn sie trug ja den Bolzen des Bauern in der Brust. Und doch war es nicht seine Mutter Gottes – nein, keineswegs. Denn diese Gestalt an seinem Lager war lebensvolle, atmende, verklärte Wirklichkeit vom gescheitelten Lockenhaar bis zur Fußspitze. Und das Kind auf ihrem Arm blickte ihn aus tiefen Augen an – so unergründlich tiefen Augen, wie seine Seele sie wohl dann und wann in frömmster Hingabe geschaut, aber seine sterbliche Hand niemals nachzuschaffen vermocht hatte. Und nun öffnete die Gottbegnadete die Lippen und sprach über den Schlafenden hin diese drei Worte: »Ist's recht gewesen?«

Da wachte er an seinem eigenen Schluchzen auf, richtete sich empor und starrte suchend in die Finsternis.

Vom Sternplatz herein kam eine Schar singender Menschen. Weiber kreischten, Hunde bellten, Türen schlugen. Das Johlen verklang in der Tiefe der Gasse.

»Bille –!«, seufzte Tilman Riemenschneider und vergrub das Antlitz in den Kissen.

13.

In den folgenden Tagen ging der Meister einher wie ein Träumender. Die Wirklichkeit um ihn versank je mehr und mehr, und seine Gedanken verloren sich in Grübeleien.

Er sah nicht mehr, was geschah, er dachte nicht mehr an das, was zunächst kommen würde – seine Seele war einzig erfüllt von der Frage: Tilman, ist's recht gewesen?

In solcher Bedrängnis stand er am Abende des fünfzehnten Mai in seiner Stube am offenen Fenster und hielt eine Flugschrift in Händen, eine Druckschrift, wie deren jetzt so viele in die Häuser flatterten. Er las den Titel: »Ermahnung zum Frieden auf die zwölf Artikel der Bauernschaft.« Dann sah er auf die Hauswand gegenüber, die, fast zum Greifen nahe, grau und stumpf die Aussicht hemmte.

Seufzend setzte er sich und begann zu blättern. Da fiel sein Blick alsbald aus eine Stelle: »Darum sage ich abermal –« – Ich –! Er wusste wohl, wer dieser Ich war. Trotzdem warf er das Heft herum, als wollte er sich nochmals überzeugen: Doktor Martinus Lutherus.

Aufs Neue begann er zu blättern, und wieder fiel sein Blick auf dieselbe Stelle, die ungefähr also lautete: »Ich lasse unentschieden, wie gut und recht euere Sache ist, und weil ihr sie selbst verteidigen und nicht Unrecht leiden wollt, so tut und lasst, soweit euch Gott nicht wehrt. Aber den christlichen Namen, das sage ich euch, den legt beiseite, mit dem deckt nimmermehr die Schande eueres ungeduldigen, unfriedlichen, unchristlichen Vorhabens.«

Der Bildschnitzer schlug das Heft zu, schob es mit zitternder Hand weit weg und erhob sich jählings. Aber nun ward es ihm schwarz vor den Augen, er schwankte und sank schwer zurück in den Armstuhl, und wie ein Blitz durchzuckte ihn das Wort des Herrn aus der Bergpredigt: »Ich aber sage euch, dass ihr nicht widerstreben sollt dem Übel.«

Und Blitz auf Blitz zuckten jetzt seine Gedanken und erleuchteten taghell jede Strecke des Weges, den er bisher so unbewusst gegangen war. Und er sah in dem erbarmungslos flammenden Lichte die letzten Beweggründe seines Handelns als traurig nackte Gestalten, und diese Gestalten glichen der durch die Lüfte fahrenden Hexe des Nürnberger Albrecht und quälten ihn sehr.

Er stand auf und begann in der düsteren Stube hin und her zu rennen. Endlich blieb er vor der Wandnische stehen, drückte auf die verborgene Feder und schob die Türen auseinander. Groß und grau stand das Kunstwerk an seinem Orte.

Hier hatte es begonnen. Jedes Wort des Bischofs, jedes Wort des Magisters stieg wieder empor aus der Tiefe seines, ach, so treuen Gedächtnisses. In seinen Ohren brauste, dröhnte es: Beleidigter Ehrgeiz! Und wieder fuhr es dazwischen wie ein Blitz der Erkenntnis: Der Bischof hat dich nicht geschmäht –! Grell leuchtend wieder ein Blitz: Bermeter hat gelogen und betrogen.

Es war ihm zumute, als bräche alles unter ihm zusammen, und gleich einer züngelnden Schlange ringelte sich nun aus den Trümmern ein letzter, ein fürchterlicher Gedanke: Er sah das totenblasse Antlitz des Magisters, und er selbst, er, Tilman Riemenschneider, hielt dem Freunde von ehemals die geschnitzten Köpfe des Bischofs wie Äpfel zwischen Daumen und Zeigefinger entgegen. Und er sah neben den drei Gesichtern mit unbarmherziger Schärfe ein viertes – sein eigenes, hassverzerrtes Gesicht. Er sah die Augen des Freundes aus sich gerichtet, und wie ein Röcheln kam es aus seiner Kehle: »Der Brief! Der Brief!«

Tilman schob die Türen zusammen und schwankte ins Fenster zurück, setzte sich und starrte hinaus auf die graue Wand gegenüber. Tiefe Dämmerung sank in die enge Gasse. Mit gefalteten Händen saß Tilman. Draußen zog die Nacht herauf, und in ihm war es finster und leer.

Die Türe wurde aufgerissen; Bille stürmte in die Stube. »Herr Pate – seid Ihr da?«

»Was willst du, Kind?«, antwortete die müde Stimme vom Fenster her.

»Herr Pate, sie stürmen den Berg!«

»Sie stürmen?«, fragte der alte Mann, und es klang, als verstände er überhaupt nicht, worum es sich handle.

»Sie stürmen!«, rief das Mädchen zum zweiten Male. »Und allen voran Bermeter. Oh, Herr Pate, ich habe gehört, wie er auf die Bauern hineingeredet hat. Drüben im Mainviertel, hinter den Deutschherren. Vor einer Stunde. Hart war die Rede, hart waren die Köpfe. Aber er hat sie bezwungen.«

»Kind!«, sprach der Meister. »Wo bleibt die Scham, die Zucht?«

»Kind –?«, rief sie zornig. »Ihr irrt, die Kinderschuhe hab ich ausgetreten. Und dass Ihr's wisst, zu Bermeter gehöre ich, und wo er steht, da steh' auch ich. Oh, dass ich nur ein Weib bin! Weh mir! Mit ihm den Berg hinauf! Neben ihm die Mauern ersteigen, mit ihm siegen oder mit ihm fallen! Heilige Jungfrau, nimm, was du willst, von meiner Lebenszeit und lass mich schauen seinen und der guten Sache Sieg!«

Das Mädchen kam nahe heran und faltete die Hände. Mit zuckenden Lippen begann es zu betteln: »Herr Pate, nur von ferne lasst mich sehen, wie die Männer stürmen; ich muss es sehen, und ich weiß einen Ort, da könnt' ich's sehen. Er selbst hat ihn genannt. Er, Bermeter. Aber der Ort ist mir verschlossen. Herr Pate, kommt mit mir, o kommt mit mir! Ein Riss an der Klingel, und der Wächter streckt hoch oben den Kopf aus dem Fenster, ein Wort von Euch, und er lässt den Schlüssel an der Schnur herunter. Vor Euch tut sich die Türe auf, jede Türe in Würzburg. Herr Pate, ich fleh' Euch an: Steigt mit mir auf den Grafen-Eckarts-Turm!«

»Kind, was fällt dir ein! Du bleibst zu Haus in dieser bösen Nacht! Wer sich in Gefahr begibt – kennst du das Sprichwort nicht?«

Sie stampfte: »Gefahr? Was Gefahr? Ich pfeif' auf die Gefahr. Die Sache, der ich zugeschworen habe, die halt' ich fest, und wer mich hat, der hat mich ganz mit Leib und Seele. Und wenn die Stückkugeln wie Hagelkörner in die Gassen schlagen – recht so, dann muss ich mich nicht schämen, dass ich sicher sitze, indes er in Not ist. Ich will hinaus! Ich will dabei sein, wenn abgerechnet wird! Und ich wäre ja gar nicht hier, wenn ich mir anderen Rat wüsste. Ihr sollt mir helfen! Ihr könnt mir helfen! Ihr müsst mir helfen!«

Sie fuhr mit veränderter Stimme fort, halblaut und schmeichelnd: »Wie ist mir denn? Hat nicht der Meister Tilman dazumalen selbst das verräterische Schreiben des Bischofs auf den Ratstisch geworfen, und haben ihn nicht zum Dank die Bürger auf den Schultern über den Platz nach Hause getragen? Ist's nicht der Meister selbst gewesen, der den ersten Pfeil abgeschossen hat? Hätte Bermeter so weit gegriffen, wenn nicht der Meister hinter ihm gestanden wäre?«

Ein Stöhnen kam als Antwort aus der Fensternische.

Unbeirrt fuhr sie fort: »Und jetzt, wo der andere sein Leben einsetzt, vielleicht in einer Stunde schon zerfetzt im Graben liegt, jetzt kann der Meister in seiner Stube bleiben und der Ruhe pflegen? – Oder, Herr Pate, fürchtet Ihr Euch etwa gar vor den Kugeln, die sie von der Feste herunterwerfen? Der Bermeter fürchtet sich nicht; der führt die Bauern den Kugeln entgegen.«

»So komm!«, sagte Tilman und erhob sich.

Mit halb unterdrücktem Jubelruf rannte sie aus der Stube und brachte die Kappe des Meisters und eine brennende Laterne.

Dann gingen die beiden durch die finstere, menschenleere Gasse hinaus zum Grafen-Eckarts-Turm, und Bille zappelte in Ungeduld immer ein paar Schritte vor Meister Tilman her.

Der unsichere rote Schein des Lichtes strich an den Innenmauern des Turmes empor. Von Absatz zu Absatz lief das Mädchen auf engen Wendeltreppen voran. Schwer atmend folgte der Meister.

Hoch oben stand der Wächter unter der Türe seiner Stube.

»O Herr, es wird Euch nicht gefallen bei mir in dieser bösen Nacht. Fünf Kugeln haben tagsüber den Turm getroffen; der Jungfrau sei Dank, ohne merklichen Schaden. Jetzt schweigen ja die Stücke droben und drunten. Aber niemand kann wissen, was noch kommt. Beliebt's Euch, so tretet ein. Was Ihr sehen wollt, das könnt Ihr auch von meinen Fenstern sehen. Eine schreckliche Nacht.«

»Höher hinauf!«, rief Bille, setzte den Fuß auf die letzte Treppe und lief wie ein Wiesel empor: »Zu mir herauf, Herr Pate!«, rief sie von oben herab.

Die Laterne warf ihren Schein auf die Stufen; schwer atmend klomm der Meister hinan.

Aus unsichtbarer Höhe tönte Händeklatschen, und leichte Tritte fegten zu Häupten des Meisters dahin und dorthin über knarrende Bretter. »Zu mir herauf, zu mir herauf! O Heilige Jungfrau, da – der Dom! Es ist, als kämen die Türme her auf uns! Dort Neumünster – wie ein großes, großes Schiff! Drunten der Main und die Brücke, drüben der Deutschherrnturm, die Schottenkirche, alles so nah und so anders. Und da droben, – Herr Pate, so kommt doch endlich, so kommt doch – da droben die Feste!«

Tilman hatte sich hinaufgearbeitet. Sie aber rannte herzu, ergriff seine Hand und zerrte ihn zur offenen Lücke. »Seht Ihr die Feste? Der gilt's!«

Der Meister ging wortlos von Lücke zu Lücke. Nach allen Seiten hinaus dehnten sich die Giebel und Türme der Stadt und verschwammen unter dem flimmernden Sternenhimmel in Finsternis. Als etwas ganz Fremdes lag das geliebte Würzburg unter ihm, und fast in gleicher Höhe da drüben jenseits des Stromes, wie ein schlafendes Ungeheuer, die Feste.

Unheimliche, bedrückende Ruhe herrschte über dem weiten Tale. Nur zuweilen ein ferner Ruf, ein dumpfes, halb verwehtes Räderrollen. Und nur da und dort, gleichsam verloren und vergessen, ein schwacher Lichtschein aus einem hochgelegenen Fenster. Aber draußen im Süden, vom Heidingsfelder Bauernlager, leuchtete roter Widerschein der Wachtfeuer in weißen Haufenwolken.

»Wenn's finster ist, hat er gesagt«, flüsterte Bille neben dem Meister und starrte wie dieser hinüber zum Kolosse der Feste. »Und es ist doch schon dunkel, es kann gar nimmer dunkler werden«, sagte sie nach einer Weile und atmete tief auf.

Der Wächter kam die Treppe empor. Er trug den Hammer in der Hand, mit dem er die Glocke allstündlich schlagen musste nach seiner beschworenen Pflicht. Bedächtig klomm er die Leiter in den Turmhelm hinauf, als kümmere ihn sonst nichts auf der Welt.

»Herr Pate – habt Ihr's gehört?«

»Was, Kind?«

»Herr Pate, jetzt wieder! Hört Ihr das Schreien drüben im Mainviertel? Seht Ihr den Fackelschein? Und jetzt – hört Ihr's? Und da – die ganze Straße bis zum Dom hinauf ist schwarz von Bauern – und da – da schleppen sie die Leitern zum Stürmen.«

Der alte Mann hörte gar wohl. Viele Hundert mochten es sein, die vom Dom die Greden entlang herunterrauschten. Die Pfeifen quiekten, das Rasseln der Trommeln brach sich an den Häusern.

Von einer Lücke zur anderen huschte Bille. Mit gefalteten Händen stand Tilman regungslos vor seiner Lücke, starrte hinüber auf die Feste und bewegte murmelnd die Lippen.

»Der Sturm geht los!«, jubelte Bille. »Hört Ihr's? Mit Trommelschlag und Pfeifenklang. Hört Ihr's? Und jetzt rennen sie durchs Tor – jetzt sind die ersten auf den Flößen. – Ihr wisst doch, aus der Floßbrücke, neben der steinernen Brücke, da sind sie vor den Kugeln sicher. Und hört Ihr jetzt die Hörner vom Mainviertel?«

Ein schwerer Schuss rollte über die Stadt, und vielfach widerhallte der Donner zwischen den Hügeln.

Bille klatschte in die Hände: »Vom Klesberg – ich hab den Blitz gesehen. Jetzt wieder –! Seht Ihr's denn nicht? Und jetzt von der Telle.«

Schuss auf Schuss krachte in Pausen. Das ganze Tal schien lebendig geworden. Hörner tönten von nah und fern, Trommeln wirbelten. Nur die Feste lag stumm und lichtlos auf dem Berge wie ein schlafendes Ungeheuer.

»Herr Pate!« Das Mädchen kam neben den alten Mann: »Ei, sagt mir doch –!« Aber ihre Rede wurde jählings verschlungen von den Hammerschlägen, die droben im Turmhut auf die Glocke fielen: Zehn helle, harte Stundenschläge.

»Herr Pate –«, begann sie aufs Neue, und ihre Rechte umkrallte Tilmans Arm, »ei, sagt mir doch, auf welcher Seite steht Unsere liebe Frau?«

Das Trommeln und Pfeifen war schwächer geworden. Nur von Zeit zu Zeit dröhnten die Schläge vom Nikolausberg und von der Telle.

Lange schwieg der Meister. Dann sagte er zögernd: »O Kind, wer möchte das entscheiden?«

»Wo doch die Bauern gegen ihre heilige Feste stürmen?«, fragte sie, und ihre Stimme klang ängstlich.

Der Meister ward einer Antwort enthoben. Denn in diesem Augenblick löste sich weit drüben vom Hange des Marienberges vielhundertstimmiges Geschrei, und in der Mulde, die man die Telle nannte, glühten feurige Punkte auf und krochen langsam den Berg hinan. Aus weiter Ferne tönte das Trommeln und Pfeifen. Das Geschrei ward schwächer, schien auszusetzen, schwoll aufs Neue an. Immer höher krochen die winzigen Gluten der Feste entgegen. Und die Feste lag, lichtlos und stumm, wie ein schlafendes Ungeheuer auf ihrem Felsen.

Sprosse um Sprosse kam der Wächter aus dem Turmhut herab, Stufe um Stufe tappte er in seine Kammer zurück. Dann ertönte die kleine Schelle – der Wächter rief auf die Straße hinunter – aus der Tiefe kam Antwort. – Schuh auf Schuh donnerte vom Nikolausberg und von der Telle, hoch über die Stürmenden gegen die Feste.

Die beiden droben an ihrer Lücke hatten das Klingeln nicht gehört. »Jetzt sind die ersten am lichten Zaun. Hört Ihr's, Herr Pate? Jetzt – hört Ihr es krachen? Jetzt hauen sie den Zaun zusammen.«

Deutlich hörte man das ferne Krachen zwischen dem Geschrei der Stürmenden.

»Warum sich die droben nicht wehren?«, fragte Bille. »Oh, vielleicht hat sie die Heilige Jungfrau mit Blindheit geschlagen und ihre Ohren verstopft. Denn sie weiß ja, die Sache der Bauern ist gut.«

Noch immer lag die Feste stumm und lichtlos auf ihrem Felsen. Im unsicheren Sternenscheine verschwammen die Formen ihrer Dächer und Türme.

Aus der Stube des Wächters kam gedämpftes Reden. Die beiden an der Lücke achteten nicht darauf. Stärker und stärker schwoll das ferne Geschrei an.

»Da –!« Bille schrie gellend auf und umkrallte mit beiden Händen den Arm des Meisters: Aus allen Schießscharten des Schlosses fuhren mächtig lange Feuerflammen, die dumpfen Schläge der Stücke, das Krachen der Handrohre dröhnte als ein einziger, langgezogener, endloser Donner über die Stadt, und der Widerhall antwortete aus Tälern und Schluchten. Alle Fenster, alle Luken an den weit gedehnten Mauern hatten sich geöffnet und spien feurige Kugeln, brennende Pechkränze, gelbflammende Schwefelkrüge. Von zuckender Lohe umgossen leuchtete die Feste, und ihre harten Formen standen wie glühendes Eisen vor dem schwarzen Firmamente. Die goldenen Sterne waren erloschen.

Von allen Türmen der Stadt begannen die Glocken zu läuten, von allen Türmen bliesen die Wächter.

Die Schicksalsstunde war hereingebrochen.

»So sieht das aus?«, murmelte der Bildschnitzer und wankte von der Luke, ging in eine dunkle Ecke und sank auf seine Knie.

Das Mädchen aber stand aufrecht und sah mit weitgeöffneten Augen hinüber: »Oh, wär ich ein Mann und könnte kämpfen mit ihm!«

Die großen Glocken dröhnten, die kleinen Glocken gellten, die großen Stücke donnerten, die Handrohre krachten, und aus allen Fenstern und Luken spie das erwachte Ungetüm fort und fort sein Feuer auf die stürmenden Bauern.

Tilman Riemenschneider hatte die Stirne an die Mauer gelehnt und betete, in sich zusammengesunken.

Da kreischte es hinter ihm auf: »Bermeter – du?«

Tilman wandte sich und sah Bille mitten im Raume, übergossen vom Widerscheine der flammenden Feste. Vor ihr aber, auf der engen Treppe, mit dem Oberleib in der Kammer, die Kappe mit der spitzen Feder auf dem Kopf, schwach, doch zur Genüge vom trüben Kerzenflämmlein der Laterne beleuchtet, stand der dunkle Geselle.

»Bille – du?«, sagte er trotzig und stieg vollends empor.

Mit zwei Schritten stand sie vor dem Geliebten, ihre Hände umkrallten seine Arme, ganz nahe vor seinem Gesicht keuchte sie: »Du hier oben?«

»Und warum nicht? Sieht man's doch von hier oben am besten! Hab ich dir's nicht gesagt?« Er stieß es heraus und suchte sich ihr zu entwinden. Aber die Finger ließen nicht los.

»Hier oben?«, keuchte sie. »Und nicht da drüben bei den anderen? O du – du! O gelt, es ist nicht wahr? Du bist bei ihnen gewesen – du bist verwundet – du hast dich mit deinen letzten Kräften heraufgeschleppt –?« Sie hielt ihn weitab von sich und ließ ihre Blicke an ihm hinunter gleiten.

Jetzt riss er sich los: »So halt doch dein Maul, verrücktes Weibsbild, und hör, was ich sag!«

»Nicht verwundet?«, schrie sie, während eine neue Salve von der Festung über die Stadt rollte. »Gar nicht dabei gewesen?«

»Ich werd' mich hüten!«, rief er und wich ein paar Schritte zurück.

»Du hast aber doch all die Tage und Wochen her die Bauern zum Sturm gehetzt?«, schrie sie und ging mit geballten Fäusten aus ihn los.

Bis an die Mauer wich er zurück: »Das hab ich; denn es muss das Schloss herab. Sei nit so dumm, Bille, der Feldherr hält sich immer abseits. – Wer könnt' sonst Feldherr bleiben?«

»Der Feldherr –!« Sie lachte gellend auf und schlug ihm mit der Faust ins Gesicht.

»Aber du Teufel –!«, schrie Bermeter.

»Halt –!«, sagte Tilman und trat aus der Dunkelheit zwischen die beiden.

Bille hob die gefalteten Hände und schüttelte sie gegen den Geliebten von einstmals. Ihre Stimme bebte: »Herr Pate, da steht nun der Feigling, und da draußen rennen sie, die er in Not und Tod gespielt, gesungen und gehetzt hat. Und diesem Feigling, der schlimmer ist wie ein gelber Bube, dem hab ich mich ganz vertraut. Dem hab ich mich –« Sie schlug die Hände vors Gesicht und brach in wildes Schluchzen aus.

»Fort!«, rief sie. »Fort! Du oder ich!«

Bermeter putzte an seiner blutenden Nase und rührte sich nicht.

»Fort!«, sagte sie zum dritten Male und wankte zur Treppe.

»Bille, bleib, wir wollen zusammen nach Hause gehen«, bat der alte Mann.

Das Mädchen tauchte hinab in die Dunkelheit.

»Ich komme sogleich!«, rief ihr Tilman nach. »Ich muss nur diesen da noch etwas fragen. Bermeter – wie war's mit dem Brief?«

Als leises, höhnisches Lachen kam die Antwort zurück; immer noch wischte er schnaubend an seiner Nase.

»Bermeter –!« Tilman kam nahe heran und packte den Gesellen an der Brust.

»Wagt es –!«, schrie Bermeter und stieß den alten Mann zurück, dass er taumelte. »Noch einen Schritt, und ich stoße Euch über die Treppe hinunter. Meint Ihr vielleicht, ich lass mir von Euch gefallen, was ich von dem Weib geduldet hab? Die kommt schon wieder. Da hab ich keine Sorg'. Die frisst mir aus der Hand. Das ist die längst gewohnt. Und der Brief –? Je nun, wenn's gut hinausgeht, dann hat es seine Richtigkeit gehabt. Und wenn's nicht gut hinausgeht –«

Er schlich mit leisen Schritten an die Lücke und beugte sich hinaus.

Noch immer krachten die Büchsen, noch immer schien das Schloss in Flammen zu stehen, noch immer dröhnten und gellten die Glocken. Aber vom Geschrei der Stürmenden war nichts mehr zu hören.

»Und ich schätze, es geht nicht gut hinaus«, sagte der dunkle Geselle. Dann lachte er zornig auf, zog die Laute nach vorn und griff ein paar schrille Akkorde. »Wie Nero beim Anblick der brennenden Roma – nicht, Meister?«

Tilman Riemenschneider klomm die Stiege hinab und ging hinaus auf den Platz. Die ganze Straße hinauf bis zum Dom war voll von angstvoll harrenden Menschen.

Von der Bank unter der Linde löste sich eine dunkle Gestalt. Bille huschte neben den Alten und tastete nach seiner Hand.

»Herr Pate – Herr Pate, ist's wahr –? Ist's wahr, dass seine Mutter von einem Domherrn verführt und auf die Seite geschafft worden ist?«

»Kind, was fällt dir ein? Bermeter hat mit dieser Geschichte gar nichts zu tun. Er ist der Sohn eines Rotenburger Geschlechters und seinem Vater vor zwanzig Jahren entlaufen. Seine Mutter ist bei seiner Geburt gestorben.«

Bille schrie auf und wandte sich ab.

»Kind – Kind – aber so bleibe doch! Ich muss doch mit dir reden. Kind – armes Kind!« –

Tilman Riemenschneider schwankte unter dem Donner der Geschütze über den Platz, zwischen den Volkshaufen hindurch, seiner Behausung zu.

Schleier fielen von seinen Augen; Binden lösten sich. Und in seinen Ohren tönten wie ferne Posaunen die Worte des sechzigsten Psalmes: »Gott, Du hast Deinem Volke ein Hartes erzeigt; Du hast uns einen Trunk Wein gegeben, dass wir taumelten.«

Sein Traum war ausgeträumt.

14.

Würzburgs großer Künstler war doch im Grunde nur ein kleiner Bürgersmann, dessen Gesichtskreis je und je in den Hügelkranz seiner Heimat gebannt gewesen, dessen Blick aus jedem Fenster seiner Behausung auf nahe, graue Mauern gestoßen war.

Als der Aufruhr über die Stadtmarkung hereinspritzte, erregte sich sein Gemüte für die Sache der Armen und Unterdrückten, und mit geschlossenen Augen trat er in ihre Reihen – aufs Tiefste von ihrem Rechte überzeugt. Aber all dem Großen, das die Zeit auch auf staatlichem Gebiete in ungeheuern, schmerzhaften Wehen aus ihrem kreißenden Schoße zu gebären sich anschickte, den gewaltigen Gedanken, die dann freilich zur kläglichen Frühgeburt werden sollten – all dem sah er sich verständnislos gegenüber. Was Wunder, wenn er, in unmittelbare Berührung mit dem Schlamme des Aufruhres geraten, aufs Heftigste erschrak, wenn seine Seele angstvoll in die Irre flatterte beim Anblick eines Bolzens in der Brust seines Bildwerkes, wenn er, an sich selbst verzweifelnd, Menschen zu meiden begann, die ohnehin im ungeheuern Wirrwarr der Ereignisse nur wenig mehr nach ihm fragten, und wenn er sich zuletzt wie ein in der Wüste Verirrter leidenschaftlich zurücksehnte nach den Glaubensformen, aus denen einst die größten Gebilde seiner Kunst emporgewachsen waren!

In diesen Tagen begab sich's, dass das Mitleid seine Arme ausstreckte und den Vereinsamten, Gemiedenen aus seinem öden Gemache herabzuziehen versuchte in warme Gemeinschaft. Und dieses Mitleid war verkörpert in dem schlichten Weibe Jörg Riemenschneiders, des Stiefsohnes.

Vom ersten Tage an, als sie das Haus betreten hatte, war der berühmte Meister in unnahbarer Höhe über ihr gestanden. Sie hatte das als etwas Gegebenes, Selbstverständliches hingenommen und ihr Genügen in der restlosen Sorge für die leiblichen Bedürfnisse des alten Mannes gefunden, der die bescheidene Spenderin alles Guten zwar nicht sonderlich beachtete, aber ihre täglichen Dienstleistungen mit immer gleicher Freundlichkeit lohnte.

Und nun hatte sie ihn neulich nach jener Schreckensnacht ohnmächtig zusammengebrochen an seiner Bettstatt gefunden. Da war das ganze Verhältnis mit einem Male ein anderes geworden.

Zuerst widerwillig, nur auf immer wiederholtes Bitten – dann zuweilen einmal auch aus freiem Antrieb – endlich in täglicher Gewohnheit kam Tilman die knarrenden Treppen herunter in die Stube seines Sohnes. Auf der Flucht vor seinen eigenen Gedanken, die sich anklagten und entschuldigten, auf der Flucht vor völliger Verzweiflung. Und es war wohl kaum ein Zufall, wenn an solchen Abenden dann und wann jener greise Domvikar an die Türe seines alten Beichtkindes pochte und Einlass begehrte zu friedlicher Zwiesprache.

Aber es war ein trügerischer Friede auch in dem alten Hof zum Wolfmannszichlein. Und wenn die Klugheit des Weibes so manches fernzuhalten wusste, was den hart kämpfenden Meister hätte beunruhigen können, sie hatte doch nicht die Macht, Türen und Fenster zu verstopfen gegen das, was sich nunmehr Tag um Tag über die Stadt ergoss.

Georg Truchsess von Waldburg, der Feldherr des Schwäbischen Bundes, hatte seine Feinde bei Böblingen in die Pfanne gehauen; jetzt wandte er sich und trug den Schrecken nach Franken. Das Unheil kroch unaufhaltsam heran, und wie dicke Staubwolken liefen auf allen Straßen vor ihm her die Gerüchte:

»Den Jäcklein Rohrbach, den Bauernführer, hat er bei lebendigem Leibe rösten lassen – den Spießrutentod des Grafen von Helfenstein hat er grausam gerochen, hat Weinsberg dem Erdboden gleichgemacht und Weiber und Kinder wie die wilden Tiere in die Wälder gejagt – alle Dörfer im unteren Neckartal stehen in Flammen – von Heidelberg rückt der Kurfürst Ludewig mit Heeresmacht heran, und neben ihm reitet der Bischof von Würzburg – ein ungeheueres Kriegsvolk mit unermesslichem Feldgeschütz streckt seinen Kopf ins Bistum herein.«

In den Lagern zu Heidingsfeld und Höchberg liefen sie erschrocken durcheinander, in den Gassen Würzburgs grölten betrunkene Bauern, höhnten zu den drei leeren Galgen empor, die man auf drei Plätzen aufgerichtet hatte, und sangen Lieder nach der uralten Weise: »Lasset uns essen und trinken, denn morgen sind wir tot!«

In starrer Ruhe lag die unbezwungene Feste über der Stadt.

Die Ehrbaren und Wohlweisen des Rates hielten ihre Häuser verschlossen. Der gemeine Mann lungerte mit den Bauern in den Gassen. Nur in der Finsternis öffneten sich da und dort die Türen der Vornehmen, und Männer mit kummervollen Gesichtern schlüpften wechselseitig in abgelegene Hinterstuben und besprachen mit schlotternden Knien und bebenden Lippen die Frage: »Was nun?«

Ward wohl auch da und dort in Heimlichkeit die Glocke eines von den wenigen annoch bewohnten Domherrnhöfen gezogen und de- und wehmütig längst abgebrochene Beziehung zu einem verschüchterten alten Herrn wieder angeknüpft. Denn man konnte nicht wissen –!

Und in den Häusern der Ehrbaren und Weisen, wie in den Domherrnhöfen ward jetzt immer wieder ein Name lautbar, auf den allgemach die Angst und der Hass und wohl auch alter, unter der Asche glühender Neid alle Verantwortung ablud – Tilman Riemenschneider. Da ward der gebrochene Mann im Hofe zum Wolfmannszichlein unversehens zum Verfemten. Denn der Erfolg ist's, der die Schicksale der Menschen bestimmt.

Boten mit fordernden, heischenden, flehenden Briefen rannten und ritten aus den Bauernlagern nach allen vier Orten des Himmels um Hilfe. Die Tapferen schlossen sich in noch engere Bruderschaften zusammen und erneuten alte Schwüre auf blanke Waffen. Und die Feigheit legte wohl auch da und dort die Schwurfinger auf eine Klinge und murmelte die Worte – und schielte dabei nach den Fußpfaden, die abseits in die Heimat führten.

Siebentausend Bauern hoben sich aus dem Lager hinter der Feste bei Höchberg: Das evangelische Heer zog unter Götz von Berlichingen und Jörg Metzler ins Taubertal, dem Truchsess entgegen. Das fränkische Heer aber blieb hinter Heidingsfeld im Lager, und seine Bergmännlein trieben unverdrossen Tag um Tag ihre kleinen Stollen weiter in den Felsen der Marienburg und gedachten die Feste endlich mit Hilfe der Heiligen und etlicher Säcke Pulvers in die Luft zu sprengen.

Grausige Stille herrschte droben auf dem Berge, drunten im Tale – wenn nicht zuweilen die Geschütze der Bauern von der Telle ein paar träge Schüsse gegen die Feste abgaben. Es war die Ruhe vor dem heranziehenden Wetter.

Dann aber trug der Wind ein ekles Gerücht herein: »Die Bauern haben keinen Hauptmann mehr, der Götz mit der eisernen Hand ist ihnen heimlich entwichen.«

Doch wieder hieß es: »Gar nicht kann's fehlen – der Metzler ist Feldherr, das evangelische Heer ist grausam groß geworden, lagert mit vielen Feldgeschützen bei Königshofen im Taubertal und wartet nur auf die Fürsten und ihre Knechte. Die werden's büßen!«

Still war's tagelang, furchtbar still. Dann aber kam es wie Krähengekrächze: »Der Truchsess ist mit Dreißigtausend über sie hereingebrochen. Alles ist verloren! Die Bauern haben's mit der Angst gekriegt, sie haben ihre eigene Wagenburg gesprengt und sind geflohen. Jörg Metzler hat sich auf ein Pferd geworfen und ist bundsbrüchig geworden. Dreitausend haben sich in ein Gehölz gerettet. Der Truchsess hat sie hetzen lassen wie die wilden Schweine. Kaum einer ist entronnen. Im Unterholz liegen haufenweise die Toten. Drei Meilen in der Runde hat man das Siegesgeschrei gehört und das Geschmetter der Trompeten. Jetzt aber kommt der Tanz an uns.«

Wieder liefen die Boten aus dem Lager und aus der Stadt nach allen vier Orten des Himmels. Aber wer konnte noch helfen?

Da kam eine gute Nachricht aus nächster Nachbarschaft. Die ging von Mund zu Mund: Zwei treulose Knechte hatten sich aus der Besatzung des Frauenberges weggeschlichen und erzählten gräuliche Märe von Krankheit, von alten, schwachen Männern geistlichen und weltlichen Standes da droben, die nimmer konnten, und dazu von qualvollem Mangel an Wasser.

Des freuten sich Bauern und Bürger. Und heller wurden die Gesichter.

»Es ist ja nicht wahr gewesen!«, hieß es auf einmal. »Das evangelische Heer ist gar nicht geschlagen. Die Bauern liegen in fester Verschanzung auf einem Hügel und warten voll Sehnsucht, dass wir zu Hilfe kommen.«

Also auf, ihr Mannen, gegen den Truchsess!

In der Dämmerung kamen Bauern und Bürger, eine große Schar, zusammen im weiten Hofe Katzenwicker zu Würzburg, gelobten sich Treue bis in den Tod und zogen in der Dunkelheit hinunter über den Main hinaus nach Heidingsfeld.

Dort nächtigten sie noch einmal.

Schon war der Morgen nahe. Schon probierte vereinzelt hier und dort eine Amsel ihre Kehle.

Da – was war das?

In langgezogenen Tönen kam's von der Feste herab; der Wächter blies das Horn, und weit hinaus erklang die wohlbekannte Weise des Schelmenliedes: »Hat dich der Schimpf gereut, so zeuch du wieder heim!«

Was sollte das bedeuten? Das galt den Bauern dort in Heidingsfeld!

Zerrissen klang das Lied auch in die Gassen Würzburgs, und aus allen Fenstern fuhren die Köpfe – da erhob sich brausendes Freuden-geschrei vom Felsen. Und jetzt stieß einer da droben abermals ins Wächterhorn. Das kam aber nicht mehr zerrissen herunter in die Gassen, nein, das klang voll und hell und galt der ungetreuen Stadt: Das Lied vom armen Judas!

In den Gassen wurde es lebendig, von allen Türmen bliesen die Wächter, vom Grafen-Eckarts-Turm wimmerte die Feindsglocke. Von der Telle donnerten die Geschütze der Bauern gegen die Burg.

Was war geschehen?

Die Nacht verging. Berg und Burg traten aus der Dunkelheit heraus in graue Morgendämmerung. Und siehe da – aus der Schütt, unter den Mauern der Feste, wimmelte es von Reitern. In den Fenstern und Luken über ihnen drängten sich die Köpfe. Und immer wieder trug der Morgenwind brausendes Freudengeschrei herab in die Stadt, und die Geschütze donnerten darein.

Die Sonne kam empor – die Schütt lag still und leer. Die Reiter waren verschwunden, weggewischt, als hätte sie der Boden verschluckt.

Was ist's gewesen?

Bischöfliche Reiter; habt ihr's denn nicht gesehen?

Unsinn, wo kämen die Bischöflichen her? Durch die Luft?

Woher –? Vom Bischof! Von wem denn sonst? Der Bischof hat sie vor sich ausgeschickt, denen droben zum Gruß und zum Trost.

Lasst euch nicht auslachen! Was sagt ihr? Reiter von Fleisch und von Blut habt ihr gesehen?

Was denn?

Der hat's gesehen – und der – und der: Rauch ist's gewesen, Rauch die Pferde, Rauch die Männer. Und wisst ihr was? Der schwarze Barfüßer droben in der Feste hat sie aus Pulver gemacht. In der Sonne sind sie zergangen. Lasst euch nicht schrecken! –

Auf, gegen den Truchsess, den Kurfürst, den Bischof!

Die Pfingstglocken klangen im Maintal und über das Gäu – nicht alle, o nein, bei Weitem nicht alle! Aber doch da eine und dort eine nach alter Gewohnheit. Und die lange Steige hinter Heidingsfeld kroch es wie eine endlose Schlange hinauf – zwei-, vier-, fünftausend Bauern mit Rossen und Wagen und mit Geschützen. Vorndran der Florian Geyer mit seiner schwarzen Schar. Da konnt' es nicht fehlen.

Und über ihnen flog eine Wolke schreiender Krähen.

15.

Die grauenhafte Metzelei von Sulzdorf war getan, die Letzten aus der schwarzen Schar hatten in den Trümmern des Schlosses Ingolstadt, wie Eber kämpfend, ihr Leben teuer genug verkauft. Wiederum bedeckten Tausende von Leichen die Felder zwischen den Dörfern. Die Sache der Bauern hatte ihren letzten Stoß erlitten.

Wo in der Morgendämmerung des Pfingsttages die Schlange des fränkischen Heeres über die Steige hinter Heidingsfeld emporgekrochen war, da wand sich des anderen Abends der blutbespritzte, staubbedeckte Heerwurm der Sieger ins Tal herab – das Werk zu vollenden.

Dreimal sind aus der Feste die Geschütze allesamt in die Stadt abgebrannt worden, und die Bauern auf der Telle und im Mainviertel, die Bürger im unglücklichen Würzburg wissen gar wohl, dass das nichts anderes bedeutet als ein großes Viktoriaschießen derer da droben im Voraus.

Die Bauern schleppen mutlos ihre Geschütze von der Telle, die Bergmännlein kriechen aus den Stollen und geben's auf; Bauern und Bürger räumen das Mainviertel, ein endloser Zug von Flüchtlingen drängt sich über die Brücke, hinein zwischen die schützende Umwallung.

Fünftausend Bauern – es ist ein fürchterliches Gedränge in den Gassen und auf den Plätzen. Alle begehren Speise, alle wollen schlafen. Die letzten Vorratshäuser müssen geöffnet werden. In den Gassen und auf den Plätzen brennen die Feuer, an denen sie kochen und braten. Die Zeit rückt vor. Die Feuer sinken in sich zusammen. Ein wahres Wunder, dass kein Brand entstanden ist. Aus den Scheunen wird Stroh herbeigeschleppt. In allen Gassen und auf allen Plätzen strecken Nüchterne und Betrunkene ihre Glieder auf Strohschütten; die Häuser sind überfüllt bis unter die Dächer.

Im Stadthause sitzen hinter verschlossenen Türen die Ratsherren, die in den letzten Zeiten sich heimlich zusammengetan haben und über die Köpfe der anderen weg noch retten wollen, was zu retten ist. –

Der Morgen graut; die Sonne steigt empor; die Schläfer in den Gassen und auf den Plätzen erwachen und reiben sich die Augen, blinzeln ins Licht und besinnen sich, wo sie liegen.

Aus dem Mainviertel herüber kommen schmetternde Trompetenstöße. Reiter halten am Ufer. Einer löst sich von den anderen und ruft mit weithin schallender Stimme etwas herüber.

Bewaffnete drängen sich auf den Mauern, Eisenhüte fahren aus den Luken.

Was will er?

Oh, sie wissen es alle, wenn ihm auch der Morgenwind die Worte von den Lippen reißt und die Botschaft nur in Fetzen herüberträgt: Die Fürsten liegen in Heidingsfeld. Bischof Konrad fordert Unterwerfung, Entwaffnung und Einlass.

Da – wer hat Befehl zum Schießen gegeben? Drei, vier Geschütze donnern die Antwort hinüber.

Der Herold zieht sich mit seinen Reitern zwischen die Häuser zurück.

Ratsherren rennen auf die Mauern. Wo ist geschossen worden? – Dort und dort –! – Haltet ein, um Gottes willen, haltet ein! – Aber wir wollen uns doch nicht ergeben! – Wer spricht von Ergeben? Aber auf einen Herold darf man nicht schießen. – Das ist richtig!

Und die Ratsherren denken doch nichts anderes tief im Herzen als: Hinaus nach Heidingsfeld zum angestammten Herrn, nieder auf die Knie, um Gnade bitten, retten, was zu retten ist – und wenn es sein müsste unter Verrat an den unglückseligen Bauern, die sich in den Gassen und auf den Plätzen drängen und – im Grunde nie zu ihnen, den Bürgern von Würzburg, gehört haben!

Es war spät am Abend.

Da pochte es dreimal an der Haustüre zum Wolfmannszichlein. Die Riemenschneiderin kannte dieses Pochen: den starken Schlag, zwei schwache hinterdrein. Sie schob den Riegel zurück und hob die Laterne.

»Alle Heiligen – Bitte, wie siehst du aus –!«

Das Mädchen schlüpfte in den Hausfletz. »Wie soll ich aussehen? Was kümmert's mich viel, wie ich aussäh'? Wird mich bald gar nichts mehr kümmern.«

Sie lehnte mit wirren Haaren an der Wand, sie kratzte am Bewurf, sie atmete schwer.

Kopfschüttelnd legte die Frau den Riegel vor und sagte kein Wort mehr.

»Alles ist verloren«, stieß das Mädchen heraus. »Die Ratsherren sind in Heidingsfeld gewesen.« Sie lachte wild auf. »Und haben dem Bischof den Staub von den Stiefeln geleckt.«

»Hat's der Bermeter gesagt?«, fragte die Riemenschneiderin.

Da verzerrte sich das Gesicht des Mädchens und es zischte: »Den Namen will ich nimmer hören in Zeit und Ewigkeit. Der Name ist nicht einmal wert, dass er an den Galgen geschrieben wird. Der Name –«

Ein wildes Schluchzen verschlug ihr die Stimme.

»Er ist – durch – gegangen«, brachte sie mühsam hervor. Dann aber raffte sie sich zusammen: »Er hat seine Haut salviert, und tausend und tausend Bauern sitzen in der Falle und merken es selber noch nicht. Oh, ich weiß es genau, ich hab meine Leut': Auf Gnade und Ungnade hat's geheißen in Heidingsfeld heut Nachmittag. Und die Hammel hoffen auf Gnade! Jawohl, auf Gnade – das wird sich zeigen! Dreißig, vierzig Wagen hab ich vorhin gezählt, alle zum Brechen voll, Harnisch' und Wehren, und das ist nur der Anfang.« Sie stampfte, sie keuchte: »Und das wollen Mannsbilder sein, die noch einen Arm regen können, und werfen ihre Waffen weg. Mannsbilder? Es ist jetzt alles eine einzige Hammelherde in Würzburg.«

Sie trat nahe an die Riemenschneiderin: »Wisst Ihr, dass morgen in aller Früh' die Ratsherren und viele Bürger unter den grünen Baum befohlen sind?«

Das Weib nickte: »Vorhin ist's ausgeschellt worden.«

Bille umkrallte ihren Arm: »Und wisst Ihr, was das bedeutet? Es darf nicht sein! Der Meister darf nicht hinaus. Wenn er's tut, dann rennt er geradewegs in den Tod. Der Galgenvogel, der ihn so weit gebracht hat, der hat sich salviert, und der gute Meister soll's ausbaden? Nein, nimmermehr! Helft mir, Frau Riemenschneiderin! Der Meister – wo ist er – droben?«

»Er sitzt bei uns in der Stube. Aber was können wir tun? Ich weiß es nit. Weißt du's?«

Das Mädchen raunte schwer atmend ganz nahe am Ohr der anderen: »Oh, ich bin's nicht allein, ich nicht. Was könnt' ich ihm helfen? Da stehen andere dahinter. Es ist alles abgemacht. Aber er wird nicht wollen – oh, ich kenn' ihn. Wir müssen alle zusammenhelfen. Versteht Ihr –?«

Es pochte abermals, und Bille rannte zur Türe.

»Nicht aufmachen!«, rief die Riemenschneiderin ängstlich.

Bille hatte den Deckel vom Guckloch geschoben: »Wer da?« Eine Männerstimme gab Antwort.

»Auf!«, rief Bille und zerrte den Riegel zurück. »Lasst mich, sag ich!« Sie drängte die Frau zur Seite und riss die Türe auf.

Eine hohe, in einen Mantel gehüllte Gestalt trat sporenklirrend über die Schwelle.

Bille griff nach dem Arm des Fremden und wies auf die Stubentüre. »Da hinein!«

Die Riemenschneiderin schob mit zitternden Händen den Riegel vor. –

Der Fremde stand in der schwachbeleuchteten Stube an der Türe im Schatten. Meister Tilman erhob sich von der Bank am Ofen und kam heran.

»Auf, Meister; denn es ist höchste Zeit!«, sagte der Fremde.

»Wer seid Ihr?«, fragte Meister Tilman.

Der Fremde trat näher an den Tisch. Das Licht der Kerze fiel auf ein jugendschönes Antlitz: »Einer von den vielen Freunden, Meister, die Ihr besitzt und selbst nicht kennt, einer, hinter dem wieder andere stehen. Und einer von denen, die es eben jetzt für geraten halten, ihren Namen zu verschweigen. So bleibt Euch nichts anderes übrig, als meinem Gesicht zu trauen.«

Der Meister sah prüfend auf den Fremden: »Sprecht, ich vertraue Euch!«

»Dann bitte ich, steckt Geld in Eure Tasche und macht Euch fertig zur Reise.«

»Zur Reise? Just die geeignete Zeit, eine Reise zu tun«, sagte der Meister.

»Besinnt Euch nicht«, bat der Fremde; »denn es ist höchste Zeit. Vor dem Rennweger Tor halten fünf Reiter. Vertraut uns, und morgen Abend seid Ihr in Nürnberg.«

»So soll ich fliehen?«, fragte Tilman.

»Ihr müsst fliehen – es bleibt Euch nichts übrig als Flucht – oder Tod.«

Jörg Riemenschneider, der Stiefsohn, hatte sich nun auch erhoben, kam um den Tisch herum und trat neben den Fremden. Bille schlüpfte zwischen den Fremden und den Meister: »Oh, Herr Pate, hört auf ihn, er rät Euch gut, und die hinter ihm stehen, meinen's gut – ich weiß es.«

»Fliehen soll ich?« Es war, als liefe ein flüchtiges Lächeln über die abgehärmten Züge des Künstlers. Dann fragte er plötzlich: »Sag, Bille, wo ist denn der Bermeter?«

Wieder wie vorhin verzerrte sich das Gesicht des Mädchens und verächtlich stieß sie heraus: »Fort ist er.«

»Nun also, Bille. Er und ich – wir haben's verschuldet; da lässt sich nichts leugnen. Er hat das Weite gesucht – ei, und wie nennst du das?«
Bille schwieg und starrte zu Boden.

»Nun, mein Kind, sprich doch!«, wiederholte der Meister. Bille wandte sich ab und schlug die Hände vors Gesicht. »Ihr seht, Herr, dieses Weib hier vermag's gar nicht beim rechten Namen zu nennen. Wie könntet Ihr also verlangen, dass ich es tue?«

»Herr Vater, ist's nicht doch ein ander Ding?«, sagte nun Jörg Riemenschneider. »Ihr seid ein alter, verlebter Mann. Ich dächte, Ihr solltet die Hand nicht zurückstoßen, die sich Euch da entgegenstreckt.«

Meister Tilman reckte sich hoch auf. »O nein, ich stoße die Hand nicht zurück. Seht –!« Und damit griff er nach der Hand des Fremden und drückte sie. »Habt Dank, wer Ihr auch seid. Ihr habt mir wohlgetan. Und sagt es denen, die hinter Euch stehen: Mein höchstes Kleinod ist meine Ehre. Das will ich mir bewahren, so lang, so gut ich kann.«

Damit ließ er die Hand des Fremden los und ging aus der Türe.

Wieder kam die Sonne empor, die Sonne eines strahlend schönen Morgens.

Aber es war eine harte Aufgabe für alte Männer, seit Tagesgrauen in einem großen Haufen unter der Linde vor dem Grafen-Eckarts-Turm zu stehen und auf das Ungewisse zu warten. Alle Ratsherren, alle ohne Ausnahme, standen so. Auch die fünfe, die sich gestern draußen in Heidingsfeld vor dem Bischof in den Staub geworfen – und dann mit seinen Räten heimlich verhandelt hatten. Auch diese. Und als nun die Sonne emporstieg dort hinter den Domtürmen und die breite Straße vom Gotteshaus bis zur Linde in ihrem Lichte erglänzte – da war es nicht angenehm, mit schmerzverzerrten Augen zum Dom hinaus in die funkelnde Sonne zu schauen.

Und doch – man musste dorthin schauen; denn von dorther musste es kommen.

Rechts und links an den Häusern hin, die Greden entlang bis zum Dom, stand die Menge Kopf an Kopf; und sie drängte sich in einem weiten Ring um die Linde: Weiber und Kinder und Bauern.

Trompetenschall und Paukenschläge tönten vom anderen Ufer des Stromes herüber; die Fürsten zogen mit Heeresmacht ins verlassene Mainviertel und durch die Furt bei Sankt Burkhart über den Main.

Die Sonne stieg höher und höher. Manch einem von den Grauköpfen unter der Linde fuhr's kalt den Rücken hinunter: Jetzt kommt's, wie's ausgemacht ist. Jetzt umzingeln die tausend und tausend Reisigen des Truchsess von Westen nach Süden und Osten, von Westen nach Norden und Osten die Stadt. Jetzt wird die Bauernfalle geschlossen. –

Aber zum Teufel, hatte es nicht den Anschein, als säßen auch die Bürger in dieser Falle? –

Vom Stadthaus her bewegte sich ein kleiner Zug. Drei Ratsherren trugen auf samtenen Kissen die Schlüssel der vier Haupttore und den zum Grafen-Eckarts-Turm. Sie gingen in feierlichen Mänteln mit schleppenden Schritten die Straße hinaus der blinkenden Sonne entgegen.

Ein saurer Gang dort hinaus zum Rennwegertor unter die Augen des Fürsten –!

Endlich – endlich quoll es herein dort oben beim Dome, die Straße herunter. Die Pauken dröhnten, die Trompeten schmetterten, die Trommeln rasselten, das Licht der Sonne sprühte von vergoldeten Harnischen und Helmen, von Lanzenspitzen und Schwertern. In tiefen Reihen kamen sie heran auf schnaubenden, nickenden Rossen, und die Menschen zur Rechten und zur Linken drängten sich angstvoll an die Häuser.

Geblendet stand der Haufe der Bürger und Ratsherren unter der Linde, geblendet von der Sonne und all der kriegerischen Pracht und Herrlichkeit, und in den Ohren gellte und brauste das Schmettern der Trompeten, das Dröhnen der Pauken, das Rasseln der Trommeln.

Geblendet stand auch Tilman Riemenschneider, mitten unter den anderen.

Keiner von allen wusste so recht, wie ihm geschah. Sie hatten wohl eine Ahnung, dass jetzt zwei Reitergeschwader vor ihnen rechts und links um den Platz ritten, sie hörten das Kreischen der Frauen und Kinder, die aus allen Seiten zurückgestoßen wurden – dann sahen sie sich eingeschlossen in einen waffenstarrenden Ring.

Dieser Ring war vorne, gegen die Domstraße, offen, und in die Öffnung trieb jetzt ein Gewappneter sein Ross und begann mit weithin schallender Stimme zu reden. Es brach wie ein Hagelschauer über die grauen Köpfe hernieder – flüsternd ging es von Munde zu Mund: »Der Truchsess!« – Da sanken sie, einer nach dem anderen, auf die Knie.

Die Sonne blendete die Augen wie vordem. Aber das sahen sie doch, die da knieten, dass jetzt vier Männer mit breiten, nackten Zweihändern von der Seite hereinkamen. Und sie wussten's alle: Das sind die Henker, das ist der Tod.

In diesem Augenblick drängte sich eine dunkle Gestalt durch den Ring der Bewaffneten, vorüber am Truchsess, hinein zwischen die Reiter, warf sich auf die Knie und schrie mit gellender Stimme: »Gnade, Herr Bischof, Gnade für den Ratsherrn Tilman Riemenschneider!«

Es entstand ein Tumult – ach, nur ein geringer Tumult, ein Tumult, ganz angemessen dem unbedeutenden Vorfall. Einige Fäuste griffen zu, rissen ein Mädchen zwischen den Pferden hervor und stießen es zurück ins Volk, wohin es gehörte.

Am Abende des Tages kam dasselbe Mädchen zum Grafen-Eckarts-Turm und glitt hart an den Häusern über den Platz, der jetzt mit den Leichen der Gerichteten in grausiger Stille sich dehnte.

Sie kam an das Brückentor, in dessen Ringen die Fackeln qualmten, und bat die Wache, dass man sie hinüber lasse.

Im Nu war sie von Reisigen umringt.

»Wo willst denn hin, Schatz?«

»Ins Mainviertel.«

»Was hast denn im Mainviertel verloren?«

»Ich muss.«

»Wenn du mich mitgehen lässt«, sagte einer und lachte.

Sie ließ einen geschwinden Blick über ihn gleiten: »Meinetwegen – aber mach, ich hab Eil'!«

Sie lachten im Chore.

Er legte den Arm um sie und zog sie hinaus auf die Brücke. Sie ließ es geschehen. Aber sie schwieg auf alles, was er in sie hineinsprach.

Als sie dann in der Mitte der Brücke waren, machte sie sich los und sagte: »Komm, wollen uns ein wenig setzen.«

Er war's zufrieden, und sie setzten sich auf die steinerne Brüstung und ließen die Beine baumeln. Abermals legte er den Arm um sie. Und sie ließ es geschehen.

Dann wurde sie gesprächig und begann zu erzählen, wie oft sie als Kind über diese Brüstung gelaufen sei.

Er drückte sie enger an sich: »So was Dummes!«

»Dumm?« Sie lachte leise und machte sich los. Und ehe er sich's versah, stand sie auf der Brüstung.

»So was Dummes!«, wiederholte er und sprang auf.

»Rühr mich nicht an!«, rief sie und wehrte ihn mit beiden Händen ab. »Oder komm rauf, Herr freier Knecht, oder wie du dich heißt!«

»Ein Reiter des Truchsess bin ich!«, rief er selbstbewusst zu ihr empor.

»Ein Reiter des Truchsess bist du?« Sie lachte leise auf. »Ei, und bist bei Königshofen dabei gewesen – du?«

»Hab dreißig Bauern mit eigener Hand in die Pfanne gehauen!«, sagte er selbstbewusst.

»Und bei Ingolstadt?«, forschte sie weiter.

»Das ist die reine Hasenjagd gewesen«, sagte er und strich seinen Bart.

»Ei, wenn das so ist – einen lieberen Bettschelm könnt' ich mir gar nicht wünschen!«, rief sie lachend.

»Nun also!« Er strich seinen Bart. »In einer Stunde bin ich frei! Wo wohnst denn?«

»Jetzt komm zuvor heraus, wenn du dich traust, du tapferer Reiter!«, lockte sie.

Der Mond brach durch die Wolken. Geisterbleich leuchtete ihr schönes Antlitz zu ihm herüber.

Schon hatte er einen Fuß auf die Brüstung gesetzt. Leichtfüßig kam sie näher und streckte ihm beide Hände entgegen.

»So was Dummes, Kindisches!«, sagte er zum dritten Mal und stand oben.

Sie umklammerte seine Handgelenke. Sie ging tänzelnd rückwärts und zog ihn mit sich und begann die Arme zu schwingen – rechts – links – rechts. Immer stärker – wie Kinder tun.

»So was –!«, brachte der Reiter des Truchsess noch heraus. Da riss ihn Bille hinab in den Strom.

Das Wasser rauschte auf. Dann ward es ruhig – ein paar Augenblicke.

»Teufel – lass los!«, kam es halb erstickt aus der Tiefe.

Dann ward es ganz stille.

16.

Es ist doch ein großer Unterschied, ob ein Straßenräuber und Mörder vom Henker hart gewogen und mit Hilfe der Daumenschrauben peinlich befragt wird – oder ob einer, der in jedem Pulsschlag und bis in die Fingerspitzen ein Künstler ist, unter die Pranken der Folterknechte gerät.

Ein großer, ein unausdenkbarer Unterschied. Aber was fragten die Menschen jener Zeit nach solchen Unterschieden?

Die Arbeit war geschehen, und das Wort, auf das es den Machthabern ankam, war den bleichen Lippen Tilman Riemenschneiders entpresst.

Das Opfer der Gerechtigkeit lag in einer Kohlenkammer der Marienburg auf einer Schütte Stroh, und eine barmherzige Ohnmacht hatte seinen gemarterten Leib in die Arme geschlossen.

Freilich – die Ohnmacht wird nicht immer dauern, und die Schmerzen werden ihre Übermacht doch wieder behaupten.

Es ist spät am Abende. Der Schlüssel kreischt, ein schwacher Lichtschein huscht über die kahlen Mauern. Zwei Männer treten in das Gemach.

Der eine von ihnen lässt sich an der Strohschütte auf die Knie nieder. Neben ihn tritt der andere, und das Lichtflämmlein seiner Ampel beleuchtet die spitze Nase und die vom Fieber geröteten Wangen des Gemarterten.

»Sic transit gloria mundi!«, flüstert der Mann mit der Ampel.

Der andere hat sich schweigend über den Ohnmächtigen gebeugt und lauscht auf den leisen Atem.

Ein Zucken geht über die Glieder, die Augen öffnen sich und blicken verständnislos in ein gütiges Antlitz. Dann erhellt ein kindliches Lächeln die eingefallenen Züge. Ein tiefer Seufzer ringt sich zwischen den fiebertrockenen Lippen hervor. Und wieder schlägt die Ohnmacht ihre Arme um ihn.

Tilman Riemenschneider hat es nie erfahren, wer sich damals den Kerker öffnen ließ und ihn mit Gefahr des eigenen Kopfes in seiner tiefsten Not besuchte. Aber alles andere weiß er genau. Und dann und wann hat er auch noch später davon erzählt: Er war erwacht, und neben ihm, tief über ihn gebeugt, kniete der barmherzige Samariter und sprach: »Mein Sohn, deine Sünden sind dir vergeben.« Sein, jawohl, sein barmherziger Samariter vom Windsheimer Altar, dem er einst die Züge des Erlösers gegeben hatte. Und immer hat Tilman Riemenschneider seine Erzählung glückselig lächelnd geschlossen: »Nicht mein, o nein, nicht mein armes Gebilde, sondern er selbst, in meiner tiefsten Not. Und von Stund an hab ich mich frei gewusst.« –

Der Kniende erhebt sich und nimmt dem anderen die Ampel ab.

Jetzt lässt sich der Arzt auf die Knie nieder, öffnet mit leisen Fingern die Haften des Wamses und legt lauschend das Ohr auf das Herz.

Er richtet sich wieder auf, und beide treten zurück. Der Arzt flüstert, und der andere hört ihm zu.

Dann flüstert dieser andere: »So werde ich augenblicklich meinen Diener mit Decken und Kissen schicken. Ihr aber werdet tun, was Eure Kunst vermag.«

»Auf Eure Gefahr, Herr Magister«, antwortet der Arzt, und ein scheuer Blick streift über den Gerichteten. »Aber es ist nicht ratsam, Blutberauschten in den Weg zu treten.«

»Auf meine Gefahr und ohne jede Gefahr für Euch selbst!«, sagt Lorenz Fries und geht aus der Türe.

Fast alle waren sie dem Blutrausch verfallen. Wie die Pest war es über sie gekommen und riss sie weiter im Taumel von Frevel zu Frevel. Und es konnte in der Tat gefährlich werden, einem solchen Blutberauschten den Weg zu vertreten.

Lorenz Fries war in dieser späten Abendstunde noch bis zu seinem Gebieter vorgedrungen.

Widerwillig hatte ihn Herr Konrad vor sich gelassen. Nun stand der Getreue in dem großen Arbeitsgemache, in dessen Mitte eine brennende Ampel von der Balkendecke herabhing.

Der Bischof lehnte am offenen Fenster und sah auf die totenstille Stadt hinab.

Es war eine finstere, gewitterschwüle Nacht. Wetterleuchten huschte über den Horizont, in den Gassen und auf den Plätzen glühten die Wachtfeuer, und ein großer Ring solcher Feuer war um die Stadt geschlungen. Von Zeit zu Zeit tönten die Lagerrufe der Wachen gedämpft empor. Dann herrschte wieder die grausige Stille im Tal.

Irgendwo war eine Linde stehen geblieben. Die sandte fort und fort ihre süßen Düfte empor in das Gemach. Dann aber wieder kamen ganze Schwaden widerlicher Gerüche aus der Tiefe. Denn in den Weinbergen um die Stadt, auf den Plätzen in der Stadt lagen heute, am dritten Tage, noch viele Leichen.

Herr Konrad stieg herab in die Stube. Der violette Hausmantel umwallte seine Gestalt. Er war sehr prächtig anzusehen.

Herr Konrad begann wortlos auf und ab zu schreiten, und sooft er in den Lichtschein der Ampel kam, funkelte das goldene Kreuz an der goldenen Kette auf seiner Brust.

Lorenz Fries war an der Türe stehen geblieben und wartete, wann er angesprochen würde. Seine Blicke aber folgten unablässig dem auf und ab schreitenden Herrn.

Das war nicht mehr der Landesfürst, der einst gesagt hatte: »Soll ich als erster unter den fränkischen Herren die Gewalt herauskehren und mich einen Blutdürstigen schelten lassen?«

Das war nicht mehr der Hohepriester, der klagend gerufen hatte: »Höre, ich bin doch nicht allein der Fürst über ihre Leiber, ich bin auch der Bischof ihrer Seelen – ein Doppelgeschöpf, das zwiespältig zu denken gezwungen ist!«

Nein, das war ein aus tiefster Vergangenheit seines Geschlechts wiederauferstandener Häuptling, der, vom Geruche des dampfenden Blutes berauscht, über seine erschlagenen Feinde hinblickte – jenseits aller Zwiespältigkeiten, frei von Bedenken und Zweifeln. Wenigstens für die Zeit seiner Trunkenheit.

Plötzlich machte der Bischof halt und fragte: »Weißt du, dass er gestanden hat?«

»Ich weiß es, fürstliche Gnaden. Man hat ihn peinlich befragt – es ist ein Jammer.«

»Ein Jammer?«, grollte der Bischof. »Es ist auf Unseren persönlichen Befehl geschehen.«

»Man hat ihm die kunstfertigen Finger zerdrückt, Euer Gnaden. Es ist nicht auszudenken. Ich habe ihn soeben besucht.«

»Du hast ihn besucht? Wir staunen, Lorenz Fries, du bist sehr kühn!«

»Ich glaube bewiesen zu haben, dass ich der getreue Diener meines gnädigsten Herrn bin.«

»Das hast du ohne Zweifel, und Unser Dank ist dir gewiss. Aber was stellst du dich jetzt zwischen Uns und den Schächer, der morgen seine Untreue mit dem Kopf bezahlen wird?«

»Weil dieser Schächer Tilman Riemenschneider heißt, fürstliche Gnaden.«

»Tilman Riemenschneider?« Bischof Konrad wischte mit der Hand durch die Luft. »Was ist Uns Tilman Riemenschneider? Ein Rebell, der einen erdichteten Brief –!« Der Bischof unterbrach sich: »Jetzt? Wo wir den Namen seines Spießgesellen wissen, soll an alle benachbarten Städte geschrieben werden, dass man auf Bermeter fahre und ihn Unserem Gericht überliefere! Verstanden?«

»Es wird morgen geschehen, fürstliche Gnaden.«

Der Bischof trat ans offene Fenster und blickte lange hinab auf die Stadt. Dann begann er aufs Neue: »Was ist Uns Tilman Riemenschneider? Ein Rebell, der den gemeinen Mann gegen Uns gehetzt und also den ersten Schlag gegen Unsere Hoheit geführt hat.«

»Was Tilman Riemenschneider Eurer Gnaden ist –? Ich weiß, dass er die höchste Ungnade verdient hat. Aber ich unterfange mich, daran zu erinnern, was Tilman Riemenschneider Eurer fürstlichen Gnaden vordem gewesen ist. Nämlich einer, der von Gott gesegnet war, mit Kinderaugen durch die Welt zu gehen und mit Sehergaben Werke von unsterblicher Schönheit zu schaffen. Dann allerdings hat ihn ein böser Geist verblendet und auf den Abweg gelockt, der ihm zum Verderben gereicht.«

»Also muss er seinen Weg zu Ende gehen!«, kam es vom Fenster herüber.

»Am Ende dieses Weges aber stehe ich, fürstliche Gnaden, hebe meine Arme und flehe um Erbarmen. Keiner von uns weiß, ob er nicht auch einmal von einem bösen Geist ergriffen und auf einen Weg gestoßen wird, den er binnen Kurzem aufs Tiefste bereut.«

»Lorenz Fries, du bist sehr kühn«, sagte der Fürst zum zweiten Male. »Und was ist's, das dich gelüstet, die Grenzen Unserer Gnade kennenzulernen? Ein armer Schächer!«

»Tilman Riemenschneider, Euer Gnaden!«, rief der Magister.

»Drunten vor dem Grafen-Eckarts-Turm liegen sechzig solcher Riemenschneider in ihrem Blute, und neben ihnen liegen ihre Köpfe«, sagte der Bischof.

»Tilman Riemenschneider der Einzige liegt nahe bei uns in Gottes Gewalt und ist ein gebrochener Mann. Fürstliche Gnaden, was kann Euch von einem also Gebrochenen noch Übles geschehen?«

»Der Obrigkeit ist das Schwert in die Hand gegeben. Wer hat mir das vor nicht gar langer Zeit in dieser selben Stube vorgeworfen?«

»Damals, fürstliche Gnaden!«, rief der Getreue. »Damals! Und heute sage ich: Legt das Schwert von Euch und umfasst im Namen des Dreieinigen den Krummstab!«

»Die Gerechtigkeit habe ihren Lauf!«, wiederholte der Bischof.

»Ich unterfange mich abermals, zu fragen, was kann Eurer Gnaden von dem Gebrochenen Übles geschehen? Dann aber frage ich weiter:

Was haben Eure Gnaden von dem erwürgten Tilman Riemenschneider zu erwarten?«

»Von dem doch erst recht nichts!«, rief es vom Fenster her. »Ein toter Bildschnitzer! Zum Lachen.«

Lorenz Fries kam langsam in die Mitte des Gemaches und stand nun vor dem Betschemel des Bischofs. »Ein – toter – Bildschnitzer –?«, wiederholte er und dehnte die einzelnen Worte. »Halten zu Gnaden, dieser Bildschnitzer ist einer von denen, die niemals sterben.«

»Das werden wir morgen sehen!«, rief der Blutberauschte vom Fenster her.

»Fürstliche Gnaden geruhen den Sinn meiner Worte anders zu fassen als ich. Fürstliche Gnaden erlauben, dass ich Euern Blick über Jahrzehnte, über Jahrhunderte hinaus in eine ferne Zukunft lenke: Geschlechter sind versunken, Geschlechter sind emporgekommen – der Tod hat die Felder der Menschheit unzählige Male abgeräumt, und aus unseren Tagen klingt nur noch dieser und jener Name ins Werktagsgetriebe der Spätgeborenen. Ich nehme an, dass unter diesen wenigen Namen fort und fort ertönen wird der ruhmbedeckte Name Konrad II., Bischof zu Würzburg. Daneben also noch der eine und der andere Name. Dann aber wird eine Zeit kommen, wo nur noch zwei Namen aus unseren Tagen weiter wandern, hinaus zu fernsten, unbekannten Geschlechtern. Und der Name Tilman wird an Konrads Fersen geheftet sein – ob Konrad nun das heute will oder nicht. Und wie dann, fürstliche Gnaden, wenn die Kinder in den Schulen lernen: Der Bischof Konrad hat des großen Tilman Riemenschneiders Leib dem Henker überantwortet und, nicht genug, er hat den Gefolterten im Siegesrausch enthaupten lassen –?«

»Lorenz Fries, du stehst hart an der Grenze Unserer Langmut!«, rief der Bischof.

Unbeirrt vollendete der Getreue seine Rede: »Wie nun, wenn die Gläubigen in den Kirchen und Kapellen knien, und die Schönheit unvergleichlicher Bildnisse leuchtet in ihre dürstenden Seelen – dazwischen aber flüstert es unter den alten Gewölben: ›Den, der die Schönheit und das Heilige in Holz und Stein gebannt hat, den hat sein eigener Bischof erwürgt.‹«

Herr Konrad stand regungslos im Fenster. Lorenz Fries aber trat an den Wandbehang hinter den Betschemel und riss an der Schnur. Der

Behang teilte sich, und, voll beleuchtet von der Ampel, hing der Kruzifixus Tilman Riemenschneiders in der Nische.

Der Magister ließ sich auf das Knie nieder, und seine Stimme zitterte
in tiefer Bewegung, als er die Worte sprach: »Im Namen des Gekreu-
zigten bitte ich um Tilman Riemenschneiders Leben und um die Hälfte
seiner Güter zu seinem Lebensunterhalt!«

Der Bischof wandte sich ab und starrte hinaus in die Nacht.

Es herrschte das Schweigen des Todes.

Nach langer Zeit sagte Herr Konrad, ohne sich zu wenden: »Unsere
Befehle sind erteilt, und wer von den Lebenden das erfahren, wer das
durchgemacht hat, was Uns begegnet ist, der verachtet das Gerede der
Nachkommen.«

Einen Augenblick war es wieder still im Gemach. Dann erhob sich
der Magister und seine Stimme klang hart und scharf: »Also lege ich
meine Ämter in die Hände Eurer fürstlichen Gnaden zurück.«

»Wegen des Bildschnitzers?«, kam es höhnisch vom Fenster her.

»Weil ich nicht wünsche, fürstliche Gnaden, dass es einst heißt: Bischof Konrad hat den großen Riemenschneider getötet, und sein Ver-
trauter ist Lorenz Fries gewesen.«

Der Magister ging aus dem Gemache. –

Weit über die Mitternacht leuchtete das Licht der Ampel hinaus in
die gewitterschwüle Finsternis. Ruhelos ging Bischof Konrad auf und
ab, auf und ab.

Am nächsten Morgen verfasste er ein gnädiges Handschreiben »an
seinen lieben und getreuen Sekretarius Lorenz Fries«, verschloss es mit
spanischem Wachs und drückte seinen Ring darein.

Und in der Folge spotteten die jungen Domherren, denen nach be-
seitigter Gefahr die Kämme von Tag zu Tag höher schwollen: »Ei wohl,
Seine fürstliche Gnaden sind hurtig beim Köpfen, wenn es sich um
Leute handelt, deren jeder nur einen Kopf zwischen den Schultern
trägt. Aber von seinem eigenen zweiten Kopf hat er sich doch nicht
zu trennen vermocht.«

17.

Sechs Jahre sind über den an Leib und Seele gebrochenen Tilman Riemenschneider hinweggegangen.

Es ist Herbst. Und es ist ein stiller, sonniger Vormittag in diesem gottbegnadeten Herbst.

Herr Tilman hatte gewünscht, noch einmal, nur ein einziges, ein letztes Mal in seinem Leben vor seinem Weinbergshäuschen hoch über der Stadt zu liegen. Sie hatten ihn an den Fuß des Berges gefahren, auf einer Bahre die Steinstufen emporgetragen und also seinen Wunsch erfüllt.

Da lag er nun auf dem Spannbette vor dem Häuschen. Er lag im Schatten, und seine alten, steifen Finger schnitzten mühselig an einem Lindenklötzlein herum. Es sollte ein Reiter werden für den Ältesten seines Sohnes. Den ganzen Sommer hatte er darangesetzt. Immer wieder war es missglückt. Immer wieder hatte er nach einem neuen Klötzlein greifen müssen.

Seufzend legte er Schnitzmesser und Klötzlein auf die Wolldecke und betrachtete seine verkrüppelten Daumen. Eine Falte legte sich zwischen seine Brauen. Dann aber schlossen sich seine Hände ineinander, seine Lippen bewegten sich lautlos, die Falte glättete sich, und der Abglanz göttlichen Friedens leuchtete auf seinem Antlitz.

Mit weit geöffneten Augen blickte er hinaus in das schimmernde Land.

Es war Herbst. Die Natur hatte sich wieder einmal müde geschafft im Kreislauf der Jahre. Hatte sich müde geschafft von der Schneeschmelze an durch die Stürme des jungen Frühlings, hinein in die endlose Ernte der Reifezeit. Jetzt rüstete sie sich zum Schlafen.

Eine müde Sonne übergoss gleichsam schmeichelnd die Erde mit dem Golde allumfließenden Lichtes.

Die Berge standen abgeerntet, und es war gottvoll stille ringsumher. Lautlos gaukelten die weißen Schmetterlinge über den gelben Weinstöcken, lautlos flogen die silbernen Gespinste in der klaren Luft. Nur in den starkduftenden Blumen des kleinen Beetes neben dem Häuschen tönte wie fernstes Glockengeläute das Summen der Bienen.

Drunten, drüben, draußen dehnte sich die Welt. Drunten lag die Stadt, umschlungen von ihren grauen Ringmauern, aus denen gleich Zacken die Spitzhüte ragender Wehren ins Land hinaus drohten. Drunten glänzte der Strom, glitten die Kähne, spannte sich die alte Brücke von Ufer zu Ufer. Drüben auf dem langgestreckten Rücken, der gleich einem Riegel aus der Kette der westlichen Uferberge vorgeschoben ist, thronte die Burg. Und weithin draußen verschwamm zwischen den gelblich schimmernden Rebenhügeln gegen Mittag das Land im Blauduft der Ferne.

Tief drunten, weit drüben, fern draußen dehnte sich lind und weich die Welt – gottvoll still, friedlich und schön. Die Welt, die, nahe besehen, so hart ist, bedeckt mit hässlichen Wunden, Geschwüren und Narben; die Welt, die in Wirklichkeit widerhallt von Kampf und Klaggeschrei; die Welt der Fragen ohne Antwort, der Rätsel ohne Lösung.

Wie ein Märchenschloss, voll der Geheimnisse, thronte in der klaren Herbstluft die Zwingburg über ihren Rebenhängen – und von den Flüchen, die noch immer weit und breit im Lande aus den Hütten zahlloser Witwen und Waisen bei Tag und bei Nacht emporgeschrien, emporgestöhnt wurden, war in der Tat nicht das Geringste zu sehen. Und das Gebrüll der stürmenden Bauern, das Jammern und Röcheln der Sterbenden, der tosende Jubel der Sieger war längst verklungen wie ein Märlein, das an stillen Winterabenden erzählt wird und verlischt mit dem in die Asche sinkenden Herdfeuer. Alles war verklungen, wie jedes Glück und jedes Leid auf Erden verklingt und erstirbt.

Und auf den Plätzen drunten in der Stadt, auf den Plätzen, wo einst die Köpfe von den Hälsen gesprungen waren, dort und in allen Gassen, allen Winkeln spielten ahnungslose Kinder uralte Spiele, die sie ererbt hatten von denen, die nicht mehr waren.

Es herrschte tiefe Stille um den alten, kunstreichen Mann da droben, der kein armseliges Reiterlein mehr zu schnitzen vermochte. Aber es war nicht nur stille um ihn her; es war auch stille in ihm, wundervoll stille.

Lautlos wie der Strom da drunten durch Sonnenlicht und Schattenstreifen glitt, so glitt sein Leben zur letzten Überschau heran und vorüber; und wie das weite Land da drunten und da draußen, lag ausgebreitet vor seinen hellsehenden Augen sein Streben, seine Arbeit, sein

Irren, Straucheln, Fallen und Auferstehen – seine Jugend, sein Alter. Und hinter ihm, nur seinen Ohren vernehmbar, mündete, leise murmelnd, der Lauf seines Lebens ins Ewige ein. –

Über die oberste Stufe der Weinbergstreppe vor ihm kam ein flachsblondes Köpflein empor, ein rundes, rosig überhauchtes, ein wenig sorgliches Kinderantlitz wurde sichtbar. Krampfhaft hielten zwei Händchen eine große Traube hoch empor, zwei dicke Beinchen arbeiteten sich mühsam über die Steine.

Jetzt war's geschehen.

Vorsichtig brachte die Jüngste Jörg Riemenschneiders den Weg zum Spannbett hinter sich, hob sich auf den Fußspitzen, legte die überreife letzte Traube auf die Wolldecke und sagte eifrig: »Ess!«

Herr Tilman richtete sich auf, umschlang das Kind mit der Linken, strich ihm die wirren Haare mit der Rechten aus dem erhitzten Gesicht und berührte die Stirn mit den Lippen.

Die Kleine hielt sich zunächst ganz stille. Dann aber sagte sie noch einmal: »Ess!«, entwand sich dem Arm des alten Mannes und trippelte ihren Weg zurück. An der Stiege blieb sie einen Augenblick stehen und spähte sorgenvoll in die Tiefe. Nach einigem Besinnen aber machte sie kurz entschlossen kehrt und verschwand auf Händen und Füßen.

Herr Tilman legte sich lächelnd zurück und schloss die Augen. Und vielleicht kamen gerade jetzt von allen Altären im Lande weit und breit die holden Kindergestalten seiner kunstfertigen Hände von einstmals zu einem letzten Besuch und hielten Zwiesprache mit ihrem Meister. Und vielleicht zitterte wie leiser Glockenklang vom fernen Februar des Jahres 1525 herüber eine Erinnerung an jene glühenden Worte des jungen Mönches durch seine Seele.

Jetzt aber öffnete er groß und weit die Augen und griff nach der Traube. Der hölzerne Reiter glitt hinunter auf den Sand; der Meister beachtete es nicht.

Er hob die Traube mit ihrem dunkelgrünen Blatte hoch empor und versenkte sich andächtig in ihre goldschimmernde Pracht. Und feierlich sagte er das Wort des großen Albrecht vor sich hin, das Wort, das ihn einst fast in Verzweiflung gestoßen hatte: »Wahrhaftig steckt die Kunst in der Natur – wer sie heraus kann reißen, der hat sie.«

Ein erhabenes Lächeln ging über sein Antlitz, und aus tiefer Brust sprach er: »Keiner noch hat es restlos vermocht – nicht mit dem Stift, mit dem Meißel, dem Messer, und nicht mit dem Wort – und keiner wird's zwingen. Denn alle Kunst ist, wenn sie hoch greift, doch nur ein Gleichnis vom Gleichnis.«

Er schloss die Augen, und es schien, als wollte er leise entschlummern. Aber nach einer Weile begannen sich seine Lippen wieder zu bewegen, und halblaut sprach er vor sich hin jene anderen Worte, die so lange tot in der Tiefe seines wundersamen Gedächtnisses gelegen, dann aber auferstanden waren und sein Leben mit neuen Kräften erfüllt hatten:

»Nicht wird Ruhe haben, der sucht, bis dass er finde; und wenn er gefunden hat, wird er staunen; und wenn er gestaunt, wird er zur Herrschaft kommen; und wenn er zur Herrschaft gekommen ist, wird er ausruhen.«

Wieder nahm er die Traube und hielt sie gegen den blauen Herbsthimmel, und sie schimmerte und leuchtete in seiner welken, verkrüppelten Hand.

Jawohl – er hatte aus ruheloser, brennender Eitelkeit glücksuchend auf Wegen und Irrwegen die Ruhe gesucht und hatte sie endlich staunend gefunden – dort, wo er sie niemals gesucht hätte: im Leid. Und im tiefsten Leid war ihm das Höchste geschenkt worden: die Herrschaft. Nicht die Herrschaft über die anderen, über die fremden Geister, sondern über den Dämon in der eigenen Brust. Und als die Stimmen der Eitelkeit, des Ehrgeizes, der Weltlust, der Sorge beherrscht schwiegen, da war die gottgeschenkte Ruhe eingezogen in sein versöhntes Gemüt.

Er legte die Traube zurück und faltete die Hände.

»O weh, wo sind verschwunden alle meine Jahr –
Ist mir mein Leben geträumt oder ist es wahr?«

So hatte einst vor Jahrhunderten in längst verschollenen Versen der Sänger geklagt, dessen Irdisches da drunten, hinter dem Neumünster, im Lusamgärtlein ruhte und schlief.

»Ich weiß, es ist *wahr*«, murmelte Herr Tilman. »*Seltsam wahr, grausam wahr, selig wahr,* Amen.«

Zwei Erwachsene und drei Kinder standen jetzt an seinem Spannbette. Das kleinste Kind deutete auf die Traube und sagte bedauernd: »Da liegt's.«

»Pst!«, mahnte die Mutter und schloss das Mündlein mit ihrer Hand.

Wortlos bückte sich der ältere Knabe, hob den Reiter auf, reinigte ihn und steckte ihn ein.

Da lag der Meister – ein hingestreckter Kämpfer. Einer von denen, die Gott von Zeit zu Zeit nach unbekannten Gesetzen aus den Tiefen der Menschheit kommen heißt, mit seinen Gedanken belastet und ins dunkle Erdental hineinsendet. Und als solchen Trägern göttlicher Gedanken ist ihnen bestimmt und mitgegeben das Martyrium, das unlöslich ist von jeder gottentstammten Kunst, das Martyrium, das sie heimlich schleppen müssen als den Pfahl im Fleisch – bis die Seele ihre Bande sprengt, ihre Flügel entfaltet und heimkehrt in den Schoß dessen, der sie gesandt hat.

Frühmorgens haben sie ihn heraufgebracht, in der Abenddämmerung werden sie ihn zu Tale tragen in die engen Gassen der Stadt, in sein altes Haus.

Die Sonne wird wieder aufgehen und wieder untergehen und wieder kommen. Aber seine Augen werden trüber werden von Tag zu Tag.

Seine leiblichen Augen, die einst mit heißer Begier in sich getrunken haben die Schönheit der Welt.

Aber das Licht, das ihm aufgegangen ist aus der Finsternis und ihn zur Herrschaft geführt hat aus der Unruhe der Zeit, – das Licht, das nicht gebunden ist an diesen oder jenen Körper, und nicht gefangen ist in diesem oder jenem Bekenntnis – das wird nicht mehr erlöschen in ihm bis zu der Stunde, wo das helle Glöcklein tönt zwischen den grauen Mauern seiner Gasse und der Priester an sein Lager tritt und sein Haupt salbt mit dem heiligen Öle.

Es wird ihm leuchten und ihn zuletzt geleiten über die Stufen, die emporführen aus der Endlichkeit in die Unendlichkeit – über die steilen Stufen, die wir alle dereinst hinter uns bringen müssen – die einen keuchend und von Schmerzen betäubt, die anderen gleichsam im Traume.

Und wenn wir zur Herrschaft gekommen waren, dann werden wir ausruhen.